千吉の初恋

小料理のどか屋 人情帖25

倉阪鬼一郎

時代小説

二見時代小説文庫

千吉の初恋——小料理のどか屋人情帖25

目次

千吉の初恋　小料理のどか屋人情帖25・主な登場人物

時吉《ときよし》……………神田横山町《よこやまちょう》の、のどか屋の主《あるじ》。元は大和梨川藩《やまとなしがわはん》の侍・磯貝徳右衛門《いそがいとくえもん》。

千吉《せんきち》……………時吉の長男。祖父の長吉の店で板前修業に入る。

おちよ……………時吉の女房。時吉の師匠で料理人の長吉の娘。

長　吉《ちょうきち》……………浅草は福井町でその名のとおり、長吉屋という料理屋を営む。時吉の師匠。

大橋季川《おおはしきせん》……季川は俳号。のどか屋の常連、おちよの俳句の師匠でもある。

宗吉《そうきち》……………「宗しげ」という料理屋を開いてたった三年で死んでしまった長吉の弟子。

おしげ……………亡くなった宗吉の女房。

おまさ……………宗吉の娘。亡父の跡を継ぐべく料理人を志し、のどか屋での修業に入る。

安東満三郎《あんどうみつさぶろう》…隠密仕事をする黒四組《くろよんぐみ》のかしら。甘いものに目がない、のどか屋の常連。

万年平之助《まんねんへいのすけ》…安東配下の隠密廻り同心、「幽霊同心」とも呼ばれる。千吉と仲が良い。

井達天之助《いだてあまのすけ》…安東の配下。名前の字面から「いだてん」と呼ばれるが、足も相当に速い。

信吉《しんきち》……………房州《ぼうしゅう》の館山《たてやま》から長吉屋に料理の修業に来た若者。千吉の兄弟子。

鶴松《つるまつ》……………川崎大師の門前で、「瓢屋《ひさごや》」という料理屋を営むあるじ。

亀太郎《かめたろう》…………鶴松の跡取り息子。

室口源左衛門《むろぐちげんざえもん》…悪徳米問屋俵屋《たわらや》の用心棒。留蔵《とめぞう》の屋台で千吉たちに出会う。

第一章　牡蠣《かき》づくし

一

「つれえもんだな」

と、長吉《ちょうきち》が言った。

横山町《よこやまちょう》の旅籠《はたご》付き小料理屋、のどか屋の檜《ひのき》の一枚板の席だ。

「お弟子さんはいくつだったたんだい？」

隣に座った大橋季川《おおはしきせん》がたずねた。

のどか屋のおかみ、おちよの俳諧《はいかい》の師で、古くからの常連だ。一枚板の席の置物と自嘲まじりに言っているほどで、姿を見ない日のほうが珍しい。もうかなりの歳《とし》だが、若い頃から鍛えた足腰はまだまだしっかりしている。

「四十三でさ。四十でやっとおのれののれんを出して、客もついてさあこれからっていう時だったのによう」

長吉はそう言うと、猪口《ちょく》の酒を苦《にが》そうに呑み干した。

「長く一緒に仕事をしたことはないんですが、面倒見のいい兄弟子《でし》でした」

厨《くりや》で肴《さかな》をつくりながら、あるじの時吉《とききち》が言った。

長吉の弟子で、娘のおちよと一緒になったから義理の息子でもある。おちよと二人で細々と始めたのどか屋は、神田三河町《かんだみかわちょう》から岩本町《いわもとちょう》、そしていまの横山町へと、大火に遭うたびに家移《やうつ》りしながらのれんを継いできた。跡取り息子の千吉《せんきち》も十を越えて大きくなり、いまは祖父の長吉屋に修業に入っている。

「心ばえのいいやつだったんだがな。おれみたいにたちの悪いやつのほうが長生きすらあ」

長吉は苦笑いを浮かべて秋刀魚《さんま》の塩焼きに箸《はし》を伸ばした。

天保《てんぽう》七年（一八三六）の秋だ。秋刀魚の尾が張って、ことにうまい季《とき》になっている。

「見世《みせ》はどうするんだい？」

隠居が問う。

「せっかく客がついた見世なのに、たたむのはもったいないね」

その隣に陣取った元締めの信兵衛《しんべえ》が訊《き》いた。

のどか屋のみならず、大松屋《おおまつや》や巴屋《ともえや》など、この界隈《かいわい》に旅籠をいくつも持っている。

隠居の季川と並ぶ、のどか屋の常連の大関だ。

「女房が膳運びをしてたんだが、すっかり気落ちしちまってよう。とても一人じゃ切り盛りはできめえ」

長吉が答えた。

「たしか、宗吉《そうきち》さんには娘さんがいたはず」

肴《さかな》の支度をしながら、時吉が言った。

長吉の弟子はすべて「吉」名乗りをする。兄弟子の宗吉もむろんそうだった。

「十四の跡取り娘がいて、見世を手伝ってた。で、その娘が葬式の場でおれに言うには……」

長吉は一つ息を入れてから続けた。

今日は宗吉の葬式帰りだ。肩が落ちているのも無理はない。

「おとっつぁんの跡を継いで、わたしが料理人になりたいから、ぜひ修業させてほしいと。おれの弟子になりてえって言うんだ」

長吉は困った顔で告げた。

「師匠はもう弟子を取らないことにしたはず」

時吉が言う。

「そうなんだ。もともと女の料理人は……」

ちらりと娘のおちよの顔を見てから、長吉は続けた。

「ずっと立ち仕事で大変《てえへん》だ。見世まで切り盛りするとなると、仕入れやら何やらでさらに難儀が増える。一時《いっとき》の思いで修業に入っても、物にならず嫁にも行きそびれたってことになりゃあ、死んだ宗吉にも申し訳が立たねえ」

長吉はそう言って腕組みをした。

「力屋《ちからや》さんの跡取り娘みたいに按配よく回ればいいんだがねえ」

隠居が言った。

「あそこはいい按配に糸車が回ったからね」

元締めが和す。

馬喰町《ばくろちょう》の力屋は、その名のとおり食せば力の出る料理を出す飯屋だ。盛りが良く身の養いになる料理を安く食べられるとあって、荷車引きや駕籠《かご》屋か飛脚《ひきゃく》など、体を使うあきないの男たちに重宝《ちょうほう》されてきた。

そこの看板娘のおしのが、縁あって京からやってきた為助《ためすけ》という料理人と結ばれた。

半ばはのどか屋が取り持つ縁という趣《おもむき》で、力屋は首尾良く跡取りができた。めでたしめでたしだ。

「そううまくはいかねえや」

長吉が苦笑いを浮かべた。

「で、どう答えたの？　おとっつぁん」

おちよがたずねた。

「いまは父親を亡くして一時の思いに駆られてるだけかもしれねえ。とりあえず初七《しょなの》日《か》もまだだ。しばらく経って落ち着いて、どうしても料理人になりてえってことになったら、またたずねて来な、と伝えておいた」

長吉はそう言って、注がれた酒を呑み干した。

「じゃあ、もしまた見えたらお弟子さんに取るのね？」

と、おちよ。

「いや」

一つ首を横に振ってから、古参の料理人は続けた。

「おれはもう弟子は取らねえことにした。きりがねえからな。これからの料理人育ては、信の置ける弟子に任せる」

長吉はそう言って、時吉を指で示した。

「すると、うちにですか？」

時吉はすぐさま問うた。

「もし気が変わらなきゃの話だ。ちよだって、包丁さばきだけ見りゃいっぱしの料理人だからな」

長吉はおちよのほうを向いて言った。

「言い方に険《けん》があるわねえ」

と、おちよ。

「おめえの大ざっぱな味つけを教わったんじゃ、流行《はや》る見世までつぶれちまうからな」

長吉は歯に衣《きぬ》着せずに言った。

「ひどいこと言うわね」

おちよはひょこひょこ歩いてきた猫をひょいと取り上げた。

二代目ののどか、初代の娘のちの、その娘のゆき、さらにその子供たちとのどか屋の猫は幅広く揃っている。のどか屋の猫は福猫だという評判が立って、子猫が生まれるたびに我先にともらわれていくのが常だが、手元に残す猫もいた。

ゆきの子は成り行きで黒猫のしょ、う、と銀と白と黒の縞がある小太郎《こたろう》が残った。これはどちらも牡《おす》だ。

いまおちよが取り上げた小太郎は牡にしてはおとなしいほうで、取り上げるときょとんとしてなすがままになっている。尻尾が立派な美猫だから、このところは小太郎を目当てに通《かよ》ってくる客までいるほどだった。

「ま、包丁さばきじゃ江戸の女料理人で一番かもしれねえから、もし来ることになったら教えてやってくんな」

長吉はいくぶん口調をやわらげた。

ここで肴が出た。

江戸前の牡蠣《かき》の時雨煮《しぐれに》だ。

大根おろしで牡蠣の身をさっともみ洗いをし、汚れを取ってから霜降《しもふ》りにする。この下ごしらえのひと手間が仕上がりにつながってくる。

醤油《しょうゆ》と味醂《みりん》と酒にせん切りの生姜《しょうが》を入れ、煮立ったところで牡蠣を入れる。煮立ったら牡蠣だけを取り出し、煮汁を煮詰めてはまた牡蠣をからめる。この作業を二、三度繰り返すと、牡蠣の身が硬くなりすぎず、いい按配《あんばい》に味を含んでくれる。

「大人《おとな》の味だね」

隠居の白い眉がやんわりと下がった。

「生姜がいいつとめをしてるじゃねえか」

長吉も笑みを浮かべる。

「朝の豆腐飯から、二幕目のこういった小粋《こいき》な肴まで、のどか屋へ来れば何でも食べられるね。うまいよ」

元締めがうなった。

のどか屋の朝の名物は豆腐飯だ。

じっくりと煮込んで味をしみこませた豆腐を、ほかほかの飯にのせて食す。まずは匙《さじ》で豆腐だけすくって食し、続いて飯とまぜてかきこむ。とりどりの薬味《やくみ》を添えると、また味わいが変わってうまい。これに小鉢と香《こう》の物と汁がつく豆腐飯の膳は、もはやのどか屋の顔と言っても過言ではなかった。

「まあ、そういった技の数々を、もし娘料理人が来たら教えてやってくれ」

長吉は厨に向かって言った。

「承知しました。指南役《しなんやく》と併《あわ》せて、やらせていただきます」

時吉は答えた。

午《うま》の日だけだが、時吉は長吉屋で指南役をつとめている。長吉屋の若い弟子たちに料理の技と心得を教える役どころだ。その弟子のなかには、わが子の千吉も含まれていた。

「頼むぜ。なら、おれはちぃと疲れたからこのへんで」

長吉はそう言って腰を上げた。

「駕籠を呼ぼうか、おとっつぁん」

おちよがすかさず訊く。

昔ならだいぶ酔っていてもわが足で歩いて帰ったものだが、愛弟子《まなでし》の葬式帰りの今日は違った。

「……そうしてくれるか」

長吉は少し思案してから答えた。

その肩は、相変わらずいつもより落ちていた。

二

長吉と入れ替わるように、おけいとおそめが客を連れて戻ってきた。

先の大火のおり、一緒に逃げた縁で長くつとめてくれているおけいと、小間物屋の手代の多助《たすけ》と縁あって結ばれたおそめ。どちらものどか屋には欠かせない助《すけ》っ人《と》だ。人手が足りないときは、信兵衛の旅籠を掛け持ちで受け持つおこうが加わる。

料理の修業に入る前は、千吉が客の呼び込みに出ていた。かわいい半 裃《はんがみしも》をつけたわらべは小さな番頭の 趣《おもむき》で、よく新顔の客を引っ張ってきたものだ。千吉が長吉屋へ行ったあとは、こうしておけいとおそめが繁華な両 国橋《りょうごくばし》の西詰へ出て、旅籠の呼び込みをするのが常だった。

「世話になります」

ていねいに頭を下げたのは、下野《しもつけ》の佐野《さの》の庄屋とその跡取り息子だった。庄屋が礼太郎《れいたろう》で息子が智太郎《ちたろう》。よく顔が似ている。

「いい香りがするね、おとっつぁん」

智太郎が厨のほうを指さした。

「牡蠣の時雨煮なら、すぐお出しできますし、牡蠣めしもございます」

時吉がすぐさま言った。

「では、お荷物は運んでおきますので」

おけいが言った。

「お座敷を貸し切りでどうぞ」

おちよが手で示した。

「小さい先客がいるようですが」

庄屋が笑った。

のどかとちの、同じ茶白の縞猫が互いに身を寄せ合って寝ている。

「それはどかしてやってくださいまし」

「いや、人のほうがどければいいので」

「うちにも猫がいますから」

礼太郎と智太郎は早くも打ち解《と》けた様子で座敷に上がった。

そこでまた足音が響き、二人の男が入ってきた。

岩本町の湯屋のあるじの寅次《とらじ》と、野菜の棒手振《ぼてふ》りの富八《とみはち》だ。いつも一緒にやってくるから、岩本町の御神酒徳利《おみきどつくり》とも呼ばれている。

「へえ、佐野からですかい。長旅の疲れはぜひうちの湯で」

相席になった客に向かって、寅次は早くもあきないを始めた。

「野菜は何をつくってるんです？」

あきない熱心な富八が問う。

「畑は芋とかばかりで。今年は米が不作で、難儀をしてますよ」

庄屋はやや浮かない声で答えた。

「どことも不作で難儀をしているようですね」

おちよが眉をひそめた。

「天候が不順で米の値が上がったもので、うちも麦の割りを多くしています」

時吉も不本意そうに言う。

「会津《あいづ》とか、よそへ米を出さないようにしているところもあるくらいですからね」

礼太郎が言った。

「本当は江戸へ出てくるどころじゃなかったんですが、行徳《ぎょうとく》の伯父が亡くなったものですから」

智太郎が告げた。

「まあ、それはご愁傷《しゅうしょう》様で」

おちよが頭を下げた。

「知らせを聞いてあわてて佐野を出てきたもので、ひとまず江戸の宿が見つかってほっとしました。明日、悔やみに行ってからここへ戻り、次の日に帰るつもりです」

庄屋の礼太郎が言った。

ここで牡蠣めしと時雨煮が出た。

「あまり贅沢なものを出すとお上《かみ》ににらまれるんですが」

おちよがそう前置きしてから料理を置いた。

「牡蠣めしくらいはいいだろう」

隠居が言う。

「七月にお奉行から粗食するようにっていうお達しが出たくらいだからね」

元締めも和す。

「なに、のどか屋の料理は贅沢《ぜいたく》っていうわけじゃねえから」

湯屋のあるじが言った。

「そうそう。この料理にまで目をつけられたら、たまったもんじゃねえや」

野菜の棒手振りがそう言って、時雨煮をうまそうにほおばった。

「うちのほうも戦々恐々としてるんですよ。ほうぼうで打ちこわしがあったそうなので」

佐野の庄屋が言った。

「大磯《おおいそ》で穀物をあきなう者の蔵が襲われたと聞きましたが」

旅籠の元締めが言った。

「甲州《こうしゅう》や信州《しんしゅう》じゃ、庄屋も難に遭ったというので、うちのほうは大丈夫だとは思うんですが」

礼太郎はあいまいな顔つきで言った。

「あくどく貯めこんでるわけじゃないので」

跡取り息子も言う。

「そりゃ、日照り続きで湯屋が襲われるようなもんだ」

寅次が言った。

「襲われたことがあるんですかい」

富八が問う。

「いや、ねえけどよ。うちの湯を呑んだら腹をこわすだけだから」

岩本町の名物男がそう言ったから、いささか沈んでいた気がやっとやわらいだ。

三

翌日の二幕目――。
黒四組《くろよんぐみ》のかしらの安東満三郎《あんどうみつさぶろう》と、手下の万年平之助《まんねんへいのすけ》同心がつれだってのれんをくぐってきた。

将軍の履物《はきもの》や荷物を運ぶ黒鍬《くろくわ》の者は、三組まであることが知られている。だが、実は世に知られない四番目の組もあった。日《ひ》の本《もと》を股にかけて隠密仕事に携《たずさ》わり、大がかりな悪事を暴くその知られざる組こそ黒四組だ。

「本日は相談事で？」

小上がりの座敷に案内してから、おちよが小声で訊いた。

「ま、相談って言やあ相談だが、まだ網を絞るところじゃねえからよ」

あんみつ隠密がいつもの口調で言った。

安東満三郎を約《つづ》めると「あんみつ」。甘いものに目のない御仁《ごじん》だからぴったりの呼び名だ。

「今日んとこは、ただの酒呑みで」

万年同心が渋く笑った。

さまざまななりわいに身をやつすから、一見すると町方の隠密廻り同心のようだが、実は黒四組の同心という分かりにくい役どころだ。所属がはっきりしないから、幽霊同心とも呼ばれている。

昨日に続いて牡蠣の肴が出た。

牡蠣の葱味噌煮《ねぎみそに》だ。

刻んだ長葱を練りこんだ味噌で牡蠣を煮て、白髪葱《しらが》を天盛りにして供する。しゃきしゃきした葱と牡蠣の味噌煮が響き合って、こたえられない酒の肴になる。

もっとも、あんみつ隠密は甘い味つけでなければ口に入れない。味醂をたっぷり回しかけた特製の肴だ。

「うん、甘《あめ》え」

安東満三郎が満足げに言った。

甘ければ甘いほどいいというのだから、よほど変わった舌の持ち主だ。

同じ肴は一枚板の席にも出た。隠居と元締め、相も変わらぬ二人だが、季川のほうは一階の部屋に泊まった。旅籠の六つの部屋のうち、酔った客のために最後まで空《あ》けてある一階の部屋は、このところは隠居が泊まることが多かった。

「牡蠣は生や天麩羅《てんぷら》もうまいが、これもいい味を引き出してるね」

隠居の白い眉がやんわりと下がる。

「牡蠣に茸《きのこ》に秋刀魚、旬のおいしいものをいただいていれば寿命も延びますな」

元締めも満足げに言った。

「ただし、このところは贅沢な料理はまかりならぬとお上から締め付けがあったりしますので」

半ばは座敷の二人に向かって、時吉は言った。

「あいにくの不作だからな」

あんみつ隠密が渋い表情で言う。

「ただし、そういう時にかぎって、おのれの富だけ増やそうっていう料簡《りょうけん》のやつが出てきたりするんで」

万年同心も苦そうに猪口の酒を呑み干した。

「火事があったら木材を買い占めて巨利を得んとしたりするからね。困った人が出たら炊《た》き出《だ》しをするのどか屋の爪の垢《あか》を煎《せん》じて呑ませたいくらいだよ」

隠居が言う。

不作で困窮している人が多く出たと聞いた時吉は、さっそく御救小屋《おすくいごや》の近くに甘藷粥《かんしょがゆ》の屋台を出して無料でふるまい、ずいぶんと喜ばれた。

「人の不幸につけこむくらいじゃないと身代《しんだい》は大きくならんのでしょう」

元締めの信兵衛があいまいな表情で言った。

「そのあたりの動きについては、韋駄天《いだてん》も走らせていろいろと探ってるんだがな」

あんみつ隠密はいくぶん目を細くして猪口の酒を呑み干した。

主役だと荷が重かろうが、芝居の脇役なら充分につとまりそうなご面相だ。

「大変ですね、韋駄天さんも」

おちよが腕を振るしぐさをした。

「ま、あいつはそれがつとめだから」

万年同心が言った。

話に出ていた「韋駄天さん」とは、井達天之助《いだてあまのすけ》という黒四組の若者だ。その名をもじって韋駄天と呼ばれている。

名は体を表す脚自慢で、黒四組のつなぎのためにほうぼうを駆けずり回っている。

組の頭数《あたまかず》は少ないが、少数精鋭で町方や火付盗賊改方《ひつけとうぞくあらためかた》などの力も借りて捕り物を行うのが知られざる黒四組だ。

「平たく言やあ、不作の米を買い占めて、値を吊り上げるだけ吊り上げてもうけようっていうあきんどがいるわけだ。そういうやつは、幕閣などに賄賂《まいない》を送ってお目こぼしを得る根回しもしてるから始末に悪い」

安東満三郎が顔をしかめた。

「そりゃあ、黒四組が懲《こ》らしめてやらないと」

隠居が水を向ける。

「おかみも頼むぜ。のどか屋へ十手《じって》を一本預けてるようなもんだからな」

あんみつ隠密はおちよに言った。

「えっ、わたしですか？」

おちよはわが胸に手をやった。

「立ち回りになったらここのあるじが無敵だがよ。その前の勘ばたらきにかけちゃ、おかみと跡取り息子だ」

「千坊が跡を継ぐころにゃ、黒四組の十手を預かってもらうっていう話になってますからね」

万年同心が言葉を添えた。

「承知しました。何か小耳にはさみましたら」

おちよが身ぶりをまじえる。

「おう、頼むぜ。なら、話がひと区切りついたところで、うんと甘えのをくんな。砂糖だけでもいいくれえだ」

あんみつ隠密がそう言ったから、万年同心が何とも言えない表情になった。

四

翌日ののどか屋は朝から大盛況だった。

泊まり客に加えて、朝の豆腐飯の膳だけ食べに来る客もいる。おかげで朝とは思えないほどの活気だ。

そのなかに、佐野の庄屋の親子がいた。行徳での縁者の葬儀は滞《とどこお》りなく終わり、今日は帰路に就くことになっている。

「これはおいしいね、父さん」

跡取り息子の智太郎が感に堪えたように言った。

「ただ豆腐を煮てご飯にのっけるだけで、こんなにおいしい料理になるんだねえ」

庄屋の礼太郎もうなる。

「そりゃ、のどか屋の豆腐飯は江戸一だからよ」

「不作で麦がまじるようになっちまったのは仕方ねえや」

「慣れりゃうめえからよ」

常連の大工衆が箸を動かしながら言う。

「うちも芋などをまぜて食べてるから」

　智太郎が言う。

「葬式に出るのにちゃんとしたなりをしてきたからか、分限者《ぶげんしゃ》と思われて声をかけられたが、べつに米を貯えているわけじゃないからねえ」

　庄屋がそう言って、また匙を動かしだした。

　それを聞いて、おちよはふと胸さわぎがした。

「どなたかに声をかけられたんですか？」

　これから佐野へ帰る客に問う。

「両国橋を渡り終える頃合いに、二人組の男から愛想よく声をかけられてねえ」

　吸い物の椀を置いて、礼太郎が答えた。

「田舎《いなか》から出てきた庄屋だって、身なりを見たらおおよその察しがつくみたいですね」

　息子の智太郎が感心したように言う。

「で、どういう用向きで？」

　ちょうど手が空《あ》いた時吉がたずねた。

「庄屋さんなら、うちと手を組んで銭もうけをしないかと、声をひそめて水を向けられたんだが……」

　庄屋は跡取り息子を見た。

「うちは暮らしていければ御《おん》の字なので、ことさらに銭もうけなどはとお断わりしました」

　智太郎は笑って答えた。

「そりゃ、欲がねえな」

「おいらだったら身を乗り出してくがよう」

「いったいどこのどいつだい」

　大工衆がさえずる。

　佐野から来た二人は、声をかけてきた男の半纏《はんてん》に染め抜かれていた屋号を告げた。

　おちよがうなずき、頭の中の帳面にしっかりと書きとめる。

「うまい話には裏があると言いますからね」

　時吉が言った。

「そのとおりで。うまい話には乗らず、実直に暮らしていくのがいちばんだよ」

　庄屋が笑みを浮かべた。

「そうだね、父さん」

跡取り息子がまじめな顔でうなずいた。

第二章　松茸鶏小鍋《まつたけとりこなべ》

一

「軸に切り目を入れてから、縦に六つに裂くんだ。手際が大事だぞ」

長吉屋の厨で、時吉が言った。

午の日ゆえ、のどか屋はおちよに任せて長吉屋で若い料理人たちに指南役をつとめている。そのなかには跡取り息子の千吉の顔もあった。

「それから、鶏のささ身はそぎ切りにする。包丁の入れ方に気をつけろ」

時吉は引き締まった顔で告げた。

「はい」

弟子たちの声がそろう。

「いちいち包丁を見てちゃいけねえぞ」

　厳しい声を飛ばしたのは、あるじの長吉だった。

　弟子に運ばせた酒樽にどっかりと座り、腕組みをして弟子たちの包丁さばきに目を光らせている。相撲《すもう》部屋の親方みたいな貫禄だ。

　しばらく指南役は時吉に任せ、数ある弟子の見世の見廻りに出かけたりしていたが、今日は睨みを利かせている。弟子を取るのをやめたことだし、長吉屋は娘婿の時吉に任せ、そのうち札所巡《ふだしょめぐ》りの旅に出たいと言っているが、そうするとのどか屋の厨の手が薄くなってしまう。跡取り息子の千吉がもう少し育つまでは、江戸を離れるのはなかなか難しいかもしれない。

「鶏のあくを取ってから、酒を入れるんだ」

　時吉が手本を示した。

　いまつくっているのは、松茸鶏小鍋だ。

　蓋付きの小ぶりの土鍋にだしを張り、鶏のささ身を煮る。酒と薄口醤油と塩で味を調《ととの》えたら、松茸を投じ入れ、しんなりするまで煮る。

「三つ葉も煮込みますか？」

　いちばん若い寅吉《とらきち》がたずねた。

「三つ葉は彩《いろど》りと香《かお》りのために入れる。煮込んだら台無しだぞ」

時吉がすかさず言った。

「海老《えび》も入れたらどうでしょう、師匠」

千吉が手を挙げて問うた。

実の父親だが、料理を指南されているときは師匠と呼ぶ。祖父の長吉は大《おお》師匠だ。

「この料理の顔は何だ？」

時吉が問うた。

「松茸です」

千吉が答える。

「松茸は香りが命だ。鶏と三つ葉が入っているところへ、さらに海老まで加えたら、主役が多すぎるじゃないか」

時吉は分かりやすいたとえをした。

「ああ、なるほど」

千吉は腑《ふ》に落ちた顔つきになった。

「役者が多ければいいってわけじゃねえべ」

兄弟子の信吉《しんきち》が笑みを浮かべた。

同じ長屋で、千吉は信吉と寅吉と一緒に暮らしている。湯屋へ行き、屋台に立ち寄り、半休みの日にはみなで舌だめしに出る。いたって仲のいい三人組だ。

「そうだ。松茸の顔を立ててやらないとな」

時吉が言った。

「上方《かみがた》なら、もっとあっさりした鱧《はも》なんぞを合わせる。鶏のささ身なら、まあいいだろう」

長吉が古参の料理人らしく教えた。

ほどなく、松茸鶏小鍋ができた。

まずは長吉が舌だめしをする。

「お待たせしました」

弟子の一人が膳を運んでいった。

「腰が高《たけ》え」

豆絞りの料理人は、ぴしゃりと言った。

「料理はお客さんに下から出さなきゃならねえ。ゆめゆめ忘れるな」

「はい……お待たせしました」

弟子はすぐさまやり直した。

「おう、それでいい」

長吉は膳を受け取ると、小鍋の蓋を取った。手であおぐ。

「ちゃんと松茸と三つ葉の香りがするな」

長吉はそう言うと、やおら箸を取って食しはじめた。

その様子を、千吉ばかりか、時吉もじっと見ていた。

「これなら、だれに出してもいけるぞ」

長吉のお墨付きが出たので、時吉は胸をなでおろした。

松茸の土瓶蒸《どびんむ》しといえば、いまではすぐ名が挙がる料理だが、その名がついたのは明治になってからだ。

ただし、似たような料理は江戸時代からつくられていた。もとは丹波《たんば》の郷土料理だったと言われている。丹波は名だたる松茸の産地だ。

上方のみならず、江戸でも土瓶蒸しに先立つ料理があった。時吉が長吉屋で指南した松茸鶏小鍋もその一つだった。

二

料理の指南が終わると、まかないの時になる。

松茸鶏小鍋ばかりでなく、松茸の炊き込みご飯もつくった。牛蒡《ごぼう》と油揚げを合わせ、ふっくらと炊きあげたご飯だ。

「こりゃ、うめえべ」

信吉が表情を崩した。

「牛蒡も油揚げもいい味出してる」

千吉も笑みを浮かべた。

そのとき、兄弟子がいくらかあわてた様子で入ってきた。

若い弟子たちに指南を行う午の日に大口の客は取らないが、二幕目の客はちらほらいる。もっぱら一枚板の席で、年季を積んだ弟子が料理をつくりながら相手をしていた。その一人が急ぎ足で厨に入ってきたのだ。

「弟子入りをしたいという人が見えたのですが」

長吉に向かって、息せき切って告げる。

「おれはもう弟子は取らねえ。よそへ行けと言ってくれ」

長吉は身ぶりをまじえて言った。

「それが……宗吉さんの娘さんで」

弟子はおずおずと告げた。

「お母さんにつれられてたずねてきたそうで」

「そうか、本当に来たのか」

長吉はあごに手をやった。

「どういたしましょう、師匠」

弟子が訊く。

長吉は時吉のほうを見た。

「おまえ、手は空いてるな」

「はい。今日の料理の指南は終わりましたので、まかないが終わったら、あとは片づけるばかりで」

時吉は答えた。

「なら、一緒に来てくれ」

長吉は酒樽から腰を上げた。

「承知しました」

時吉がうなずく。

「あとは片づけとくよ……じゃなくて、片づけておきます、師匠」

千吉が言葉遣いを改める。

「頼むぞ」

跡取り息子にそう言い残すと、時吉は長吉とともに表へ向かった。

三

「先日は宗吉の葬儀にお越しいただき、ありがたく存じました」

丸髷の女がていねいに頭を下げた。

無地の黒縮緬《ちりめん》に白綸子《りんず》。隙のない訪問着に身を包んだ女は、先だって亡くなった宗吉の女房のおしげだった。

「娘がどうしてもこちらに弟子入りさせていただきたいと申すもので」

おしげがかたわらを手で示す。

「亡き父の跡を継いで、どうあっても料理人になりたいという思いで、こちらにうかがいました。どうかよしなにお願いいたします」

娘のおまさが腰を折る。

同じ黒縮緬でも、こちらは裾に蜻蛉《とんぼ》の模様が控えめに散らされている。桃割れの髷に挿《さ》した簪《かんざし》も蜻蛉をかたどっていた。

「ま、見世の入り口で立ち話も何だ。中で話を聞こう」

長吉がそう言ったから、脈があると思ったのか、おまさの顔がいくらか晴れた。

時吉も従い、見世の小部屋に二人を案内した。小人数で呑むときに落ち着くように、長吉屋には玉すだれで半ば仕切った小ぶりの座敷の部屋がいくつも据えられている。東海道《とうかいどう》の名所の名が付されており、それぞれに部屋の名にちなむ品《ひん》のいい画《え》が飾られていた。富士の間《ま》は広いが、二人を案内した大井川《おおいがわ》の間は四人で一杯になる狭い座敷だ。

「茶と菓子を頼む」

一緒に案内してきた古参の運び女に向かって、長吉が言った。

「かしこまりました」

女が一礼して去ると、長吉は空咳《からぜき》をしてから切り出した。

「宗吉はかわいそうなことをしちまった。その跡を継いで、料理人になりてえっていう心持ちはおれも分かってるつもりだ」

「身を粉《こ》にして励みますので、どうかよしなにお願いいたします」

おまさは必死の面持ちで言った。

「ちょっと待ちな」

長吉はやんわりと右手を挙げて制した。

「おれはもう弟子は取らねえことにした。何事にも潮時ってもんがあらあな」

「ご無理は承知でお願いに上がったのですが」

おしげが苦渋の表情で言う。

「ただ、おれは無理だが、おれの弟子なら話はべつだ」

長吉はそう言って時吉のほうを見た。

「ここにいる時吉には、午の日にかぎって若え弟子の指南役を頼んでる。今日も見守ってたが、感心するほどの教えぶりだ」

古参の料理人は弟子を立てた。

ここで女が盆を運んできた。

釉薬《うわぐすり》が上品な京焼の湯呑みと土瓶。それに、木の葉をかたどった皿に菓子が載っている。浅草《あさくさ》の名店、風月堂音吉《ふうげつどうおときち》の銘菓、松葉《まつば》だ。松葉のかたちにねじって焼いた菓子で、さくさくと嚙めば香ばしい味が伝わる。

「ま、食いながら聞いてくんな」

長吉は手で示したが、おしげもおまさも手を伸ばそうとはしなかった。

「で、時吉は横山町でのどか屋っていう旅籠付きの小料理屋をやってる。そこのおかみはおれの娘だがな」

長吉は味のある笑みを浮かべて言った。

「旅籠はあきないでやってるから、そこへ住み込みってわけにもいくめえが、時吉、おめえんとこで修業させてやってもらえねえか」

長吉は弟子に向かって言った。

「ちよとも相談しないといけませんが、これまでもうちで修業してもらった者がおりますので」

時吉はさほど迷わずに答えた。

前にのどか屋でもちらりと言われたし、そういう話だろうと察しはついていた。せっかく思い詰めた顔でここへ来たのだ。その志には報《むく》いてやらなければならない。

「どうかよしなにお願いいたします」

おまさが深々と頭を下げた。

「お願いいたします。わたしもどこかで働き口を探して、どこぞの長屋に一緒に住もうかと思っていますので」

おしげが言った。

「宗しげはどうするんだい」

長吉は、死んだ宗吉とおしげが切り盛りしていた見世の名を出して問うた。

「あれは、宗吉の見世ですから……宗吉と一緒に死んだということで」

おしげはつらそうに言った。

「引き払うんですね？」

今度は時吉がたずねた。

「はい。あそこにいるといろんなことが思い出されてきて、めそめそするばかりで」

と、おしげ。

「新たなところで出直すのがいちばんかもしれねえな」

長吉が言った。

「うちはいまのところ足りていますが、常連に顔の広い旅籠の元締めさんがいます。働き口は見つけてくださるんじゃないかと思いますよ」

時吉はおしげの顔を見た。

「そうしていただければ助かります」

おしげがまた頭を下げる。

「川向こうから通《かよ》ってられねえからな。ここいらの長屋だったら、いくらでも按配できるから」

古参の料理人の目尻にいくつもしわが浮かんだ。

「うちを手伝ってくれている女衆も浅草から通っているので」

時吉も言う。

「さようですか。では、どうかよしなに」

おしげが一礼した。

「懸命に励みますので、よろしゅうお願いいたします」

おまさがまた頭を下げると、簪の蜻蛉の羽がかすかに揺れた。

四

「あっ、師匠」

二人を送っていくとき、ちょうど姿を現した千吉が声をあげた。

「おう、ちょうどいい。亡くなった兄弟子の娘さんがうちで修業することになったんだ」

時吉はおまさを手で示して言った。

「のどか屋で？」

千吉の顔に驚きの色が浮かぶ。

「そうだ。仲良くな」

「おめえの妹弟子だからよ」

長吉も笑みを浮かべた。

「まさ、と申します。よろしゅうに」

おまさは頭を下げた。

黒目がちの瞳で、顔立ちの整った小町娘だ。宗しげには、看板娘が目当てで通う客もいたらしい。

「なにをぽかんとしてるんだ？　おまえも名乗れ」

時吉がうながした。

「あ、はい、千吉です」

千吉はそう言って、ぺこりと頭を下げた。

「のどか屋の跡取り息子で、ときどき帰《けえ》してやってる。よしなにな」

長吉が言った。

「いま、おいくつ？」

おしげがたずねた。

「数えで十三」

「だったら、この子の一つ下だわね。どうかよろしゅうに」

おしげが笑みを浮かべた。

「よろしゅうに」

おまさも和す。

「あ、はい、よろしゅうに」

千吉はどぎまぎしながら答えた。

その顔は、真っ赤になっていた。

五

段取りは滞りなく進んだ。

元締めの信兵衛に話をしたところ、すぐさま動いてくれた。

まず、母のおしげのつとめだ。

信兵衛がもっている数ある旅籠のうち、巴屋でちょうど人が欠けたところだった。いまは掛け持ちで働くおこうが詰めているが、のどか屋の女が風邪《かぜ》でも引いたら助っ人を回せない。巴屋へおしげが入ってくれるなら都合がいい。

さっそく巴屋のあるじに引き合わせてみたところ、宗しげのおかみでもあったおしげを気に入り、すぐ入ってくれということになった。

そこで、次は長屋を按配した。

信兵衛ばかりでなく、長吉も隠居の季川もつてを持っている。おしげとおまさが親子で暮らす長屋は、浅草の南のほうにほどなく見つかった。

家移りも無事に済み、落ち着いたところで、おまさの修業が始まった。


「いらっしゃいませ」

のどか屋の二幕目、入ってきた二人の客に声がかかった。

明るい声を響かせたのは、おまさだった。

「おっ、話に聞いてた新入りの娘料理人だな」

大きな地声の持ち主は、岩本町の湯屋のあるじだ。

「小町娘じゃねえかよ」

驚いたように野菜の棒手振りが言う。

一枚板の席には隠居と元締めが陣取っている。寅次と富八は座敷に上がった。

「なかなか筋もいいんですよ」

おちよが笑みを浮かべた。

「いえいえ、そんな」

器用に里芋の面取りをしながら、おまさが首を横に振った。

「いや、わたしよりうまいくらいだよ」

時吉が言った。

「そうそう、堂に入ったものだね」

隠居も目を細める。

「ここで場数《ばかず》を踏んでいけば、ひとかどの料理人になれるよ」

元締めも励ましの言葉を送った。

「なら、しくじってもいいから、何かつくってくんな」

寅次が水を向けた。

「できれば野菜で」

富八が注文をつけた。

「里芋は煮えるまで時がかかるから、天麩羅をやってくれるか」

時吉が言った。

「はい」

桃割れの上から白い鉢巻を締めたおまさは、引き締まった表情で答えた。

「甘藷のかき揚げは時がかかるし、油が濁るからいちばん後でいい」

時吉が教える。

「では、椎茸《しいたけ》からでよろしいでしょうか」

おまさが問うた。

「ああ、いいぞ。やってくれ」

時吉は身ぶりで示した。

慣れないうちは油はねを怖がり、おっかなびっくり鍋に投じ入れたりするものだが、おまさは違った。

ふっ、と一つ息を吐くと、背筋を伸ばしたまま具を鍋に投じ入れる。なかなかに堂に入った手つきだ。

「さまになってるじゃないか」

一枚板の席から元締めが声をかけた。

「父の仕事ぶりを見ていましたから」

おまさは答えた。

「料理人のおとっつぁんの背中を見て育ったんだからね」

隠居が笑みを浮かべる。

「はい」

おまさも笑う。

笑うとえくぼができるから、なおさら愛らしい表情になる。

「偉《えれ》えもんだ」

湯屋のあるじが感心の面持ちで言った。

「おめえらは親の跡を継がなくていいからいいよな」

座敷の端でくつろいでいる小太郎としょうに向かって、富八が言った。

「こうやってのんびりしてるのが猫のつとめみたいなものですから」

おちよが笑う。

天麩羅は次々に揚がった。

笠の張った肉厚の椎茸。塩胡椒《しおこしょう》をきつめに振り、こんがりと揚げた舞茸《まいたけ》。ぴんと伸びたさくさくの海老。そして、甘藷と銀杏《ぎんなん》のかき揚げ。

どれも年季の入った料理人に負けない出来栄えだ。

「驚いたねえ、こりゃ」

寅次が感に堪えたように言った。

「かき揚げもうめえじゃねえかよ」

富八も和す。

「甘藷に銀杏をあしらったのが小粋だねえ」

と、隠居。

「ほんに、甘みと苦みがいい按配だ」

元締めもうなる。

「それは師匠の案ですから」

おまさは時吉を立てた。

「そこまで思案されたんじゃ、教えることがないよ」

時吉はそう言って笑った。

「何にせよ、これだけ揚げられたら免許皆伝も近いよ」

隠居のお墨付きが出た。

「まだまだこれからです。教わることはたくさんありますから」

おまさはそう言うと、凛々《りり》しい鉢巻に手をやった。

第三章　たたき牛蒡《ごぼう》とそぎ造り

一

「ああ、さっぱりした」

千吉が晴れ晴れとした顔で言った。

ちょうど湯屋から出てきたところだ。

「でも、外は風が冷たいべ」

信吉が手のひらを上に向ける。

「なら、あったまるものを」

いちばん下の寅吉が水を向けた。

「留蔵《とめぞう》さんの屋台は出てるかな」

と、千吉。

「行ってみるべや」

信吉がさっそく歩きだした。

いつものところに赤提灯がともっていた。留蔵の屋台だ。縁あってのどか屋で豆腐飯を教わり、煮豆腐だけ屋台で出している。ほかに、二八蕎麦《にはちそば》もよそよりうまい。

あいにく先客がいた。長床几《ながしょうぎ》の真ん中に武家がでんと陣取っていたから、いかにも気おくれがした。

「おう、湯屋の帰りかい？」

留蔵が気づいて声をかけてくれた。

「はい、あったかいものを食べたいと」

千吉が先客にも聞こえるような声で言った。

煮豆腐を肴に呑んでいた武家がちらりと見た。

「おう、座れ」

幸い、気の良さそうな武家で、席を空《あ》けてくれた。

「相済みません」

千吉がすかさず言う。

信吉と寅吉も身を縮めて隣に座る。

「蕎麦を食うか？」

留蔵が声をかけた。

「分かる？」

千吉が笑みを浮かべた。

「蕎麦を食いてえ、と顔にかいてあらあな」

屋台のあるじが返す。

「なら、おらも」

「おらも食いてえべ」

ほかの二人も手を挙げた。

「へい、承知」

留蔵は小気味よく手を動かしだした。

「次の舌だめしはどこへ行くべや」

信吉がたずねた。

「のどか屋へ行きたいんだけど」

千吉がすぐさま答えた。

何か思うところがあるようだ。

「妹弟子の働きぶりを見てえのか?」

信吉が問う。

「いや、まあ、そんなことはないんだけど」

千吉はあいまいな顔つきで答えた。

「妹になるべ?」

まだおぼこい顔で寅吉が問う。

「歳は一つ上でも、後から弟子入りしたんだから、妹弟子になるべ」

信吉が教えた。

「へい、お待ち」

蕎麦が出た。

湯気を立てているあたたかい蕎麦は、風が冷たいときは何よりうまい。ことに、留蔵の蕎麦は屋台の二八とは思えないほどのうまさで、つゆの味が濃く、五臓六腑《ごぞうろっぷ》にしみわたるというもっぱらの評判だった。

「わあ、来た来た」

「なら、さっそく」

「うめえなあ、相変わらず」

見習いの料理人たちは口々に言った。

「人が食べているのを見るとほしくなるな」

髭面の浪人風の男が言った。

「では、お武家さまも」

留蔵が水を向ける。

「おう。これものっけてくれるか」

武家はそう言って煮豆腐の皿を返した。

「ああ、それもいいかも」

千吉が箸を止めて独りごちた。

「豆腐飯とおんなじように食えばいいべや」

と、信吉。

「豆腐飯とは何だ？」

武家がいぶかしげにたずねた。

「へえ、蕎麦ではなく飯の上に煮豆腐をのせ、薬味を添えて食べるんです」

屋台のあるじが手短に答えた。

「うちの……のどか屋の名物料理で」

千吉が告げた。

「横山町の旅籠付きの小料理屋で。おいらもそこで教わったんで……お待ちで」

留蔵は煮豆腐をのせた蕎麦を武家に出した。

「こいつはそこの跡取り息子なんでさ」

信吉が千吉を指さした。

「ほう、そうか」

「お祖父さんのやってる料理屋で修業中なんですよ。みんな仲間で」

留蔵が見習いたちを手で示した。

「なら、そのうち行ってやろう。……お、こりゃうまいな。のせてみるもんだ」

豆腐と蕎麦をわっと胃の腑に入れた健啖《けんたん》の武家は、にわかに表情を崩した。

いささかいかついが、憎めない顔つきだった。

二

「あんまりたたきすぎるな。味がしみればいいんだから」

のどか屋の厨で、時吉が教えた。

「はい」

いい声でおまさが答える。

いま教えているのはたたき牛蒡だ。簡明な料理だが、細かいところに気を遣わなければならない。米のとぎ汁に酢を加えて茹《ゆ》で、あくを取るのが骨法《こっぽう》だが、茹ですぎると歯ごたえがなくなってしまう。

「太いところは縦に切って、長さばかりか太さもそろえること。おおよそでいいから」

時吉が弟子の手元を見ながら言う。

「はい」

鉢巻をきりっとしめた娘料理人は、なおも小気味よく手を動かした。

「これなら、おっかさんも安心だね」

一枚板の席から隠居が言う。

「元気にやってくれているようで、そちらもひと安心だ」

元締めの信兵衛が言った。

巴屋のおしげの働きぶりも、いたって評判が良かった。

狐色に煎《い》った胡麻《ごま》をすり、たれとからめてたたき牛蒡ができあがった頃合いに、表でにぎやかな声が響いた。

「あっ、もしや」

おちよの顔がほころぶ。

「仲良し三人組ですね」

おけいも和す。

案の定だった。千吉を先頭に、信吉と寅吉も元気よくのれんをくぐってきた。

「舌だめしか？」

時吉がたずねた。

「うん。うちの味を忘れないようにと」

千吉がとってつけたようなわけを告げる。

「ちょうどたたき牛蒡ができたところだよ」

「おまさちゃんがつくってくれてね」

一枚板の席の常連が伝えた。

「たたき牛蒡は、おらも修業したべ」

寅吉が答えた。

「『わたしも修業しました』って言うんだよ」

千吉が兄弟子風を吹かせて言ったから、旅籠の支度から戻ってきたおそめも笑みを浮かべた。

「なら、平目《ひらめ》の刺身をつくってくれるか」

三人が座敷に陣取ったところで、時吉がおまさに言った。

「どういうつくり方にいたしましょう」

娘料理人が問う。

「包丁さばきで味が変わってくるからね」

頼もしそうに隠居が言った。

「ちゃんと勘どころを押さえてるじゃないか」

元締めが笑みを浮かべる。

「では、そぎ造りで。なるたけ厚みを合わせてな」

時吉が言った。

「はい」

おまさの包丁がさっそく動く。

いったん腰を下ろした三人組だが、娘料理人の包丁さばきが気になったらしく、千吉を先頭にぞろぞろと厨のほうへやってきた。

二代目のどかとちの、なぜか猫たちも続く。

「そうそう、包丁の切っ先三寸を動かすんだ」

時吉が声をかけた。

「そぎ造りができたら、次は薄造りだべ」

信吉がのぞきこんで言う。

「おいら、できねえや」

と、寅吉。

「薄造りはできるようになるまで何年もかかるから」

千吉が言った。

「千吉兄さんはできるべ？」

寅吉がたずねた。

「まだそこまでは無理だな」

時吉が先に答えたから、千吉はわずかに口をとがらせた。

「天保のいまのご時世はなにかと窮屈だから、上品な薄造りなどまかりならぬと言われるかもしれないからね」

隠居が言った。

「逆に、姿盛りなどのほうが贅沢だと言って目をつけられるかもしれません」

元締めが首をひねる。

「なんにせよ、息のつまる世の中になってしまったものだねえ」

隠居がそう言って嘆いた。

だいぶ時はかかったが、平目のそぎ造りができあがった。

ふう、と一つ、おまさが息をつく。

その額には、玉の汗が浮かんでいた。

三

「おまさも一緒に舌だめしをしておいで」

次の鬼殻《おにがら》焼《や》きが一段落したところで、時吉が言った。

実の娘に告げるような口調だ。

「お座敷で？」

おまさが指さす。

「ああ。お客さんと同じように食せば、また違った学びになるから」

時吉が言った。

「千吉、席を空けてあげて」

おちよがうながす。

「うん」

ちょうど千吉の隣におまさが座ることになった。

「そんな、正座しなくたって」

座り直した千吉を見て、おけいがおかしそうに言った。

「う、うん」

千吉はあいまいな返事をすると、今度は大仰《おおぎょう》にあぐらをかいた。

「はい、海老の鬼殻焼きの銀杏添えですよ」

おちよが料理を運んでいった。

「わあ、うまそうだべ」

「いい匂い」

信吉と寅吉が瞳を輝かせた。

「開いた海老の味噌が落ちないように、竹の皮に包んで網に載せたの」

おまさが段取りを伝えた。

「ふーん、それから？」

やっとほぐれてきた表情で千吉がたずねた。

「身の側から先に焼いて、殻の側も焼いて……」

「いくたびもたれを塗って焼くべや」

と、信吉。

「そう。仕上げに包丁目を入れて、粉山椒《こなざんしょう》を振るの」

おまさは手つきをまじえた。

「うまいね」

一枚板の席から、隠居が感に堪えたように言った。

「これは大人の味だがね。酒に合うから」

元締めも和す。

「でも、わらべが食べてもおいしいよ」

千吉が手を止めて言った。

「もうわらべっていう歳じゃないだろう」

時吉が笑って言った。

「ああ、そうか」

と、千吉。

「いつまでもわらべ気分が抜けないんじゃ、猫と同じよ」

おちよも笑みを浮かべた。

初代のどかの娘のちのはだいぶいい歳だが、いまだに甘えん坊でおちよのひざに乗ってはごろごろとのどを鳴らしている。

「あ、そうだ。あのお武家さまはここへ来たべ？」

信吉が畳を指さした。

「あのお武家さま？」

耳ざとく聞きつけたおちよが問う。

「留蔵さんの屋台で一緒になったの。のどか屋の話をしたら、そのうち行くって」

千吉が伝えた。

「このところ、うちに見えたお武家さまはご常連ばかりだけど」

おちよが首をひねった。

黒四組の面々はいささかご無沙汰だが、大和梨川《やまとなしがわ》藩の勤番の武士たちが来てくれた。

ほかに、昼を食べに来る武家もいるが、みな顔なじみばかりだ。

「どういうお武家さま？」

おまさがいくらか身を乗り出して千吉にたずねた。

息がかかりそうな近さだ。

「無精髭を生やしてて、笑うと優しそうな顔になるお武家さま」

千吉は少しどぎまぎしながら答えた。

「ふーん、ご浪人かしら」

と、おまさ。

「名前は知らないの？」

おまさはなおもたずねた。

「うん。聞かなかった」

千吉は髷に手をやった。

ついこのあいだまでかむろ頭だったような気がするが、すっかり髷がさまになってきた。

「おめえ、知ってるべ？」

信吉が寅吉にたずねた。

「ううん、知るわけねえべや」

いちばん下の寅吉が答える。

「まあ、それらしい方が見えたら分かるかも」

おちよがそう言って、足元にまとわりついてきたゆきの首筋をなでてやった。

しっぽに縞がある白猫が気持ちよさそうにのどを鳴らす。

「修業はつらい？」

おまさが千吉にたずねた。

「朝が早いから眠いけど、大丈夫」

千吉は答えた。

「気張ってやろうね」

一つ年上の娘料理人が笑みを浮かべる。

「うんっ」

千吉は力強くうなずいた。

四

浪人の名が分かったのは、二日後のことだった。

二幕目に入っていたのどか屋へ、ふらりと見知らぬ武家が入ってきた。着流しはさほどしおたれてはいないが、無精髭を生やしている。

「いらっしゃいまし」

おちよが声をかけた。

「お座敷、ご相席でお願いいたします」

先客に向かって言う。

「相済みません」

先に陣取っていた二人の客が頭を下げた。

「なんの」

武家が笑みを浮かべ、いくらか離れたところに座る。

先客は川崎大師《かわさきだいし》の門前で瓢屋《ひさごや》という料理屋を営む夫婦だった。ありがたいことに、旅籠付きの料理屋の評判を聞きつけ、わざわざ泊まりに来てくれた。あるじは鶴松《つるまつ》、おかみはおゆり。昨日からの滞在で、すでにいろいろと話を聞いている。

一枚板の席には、隠居と春田東明《はるたとうめい》が座っていた。学者の春田東明は、寺子屋で千吉を教えた恩師でもある。

「御酒《ごしゅ》はいかがいたしましょう」

おちよがたずねた。

「ぬる燗で頼む」

武家が言った。

「承知いたしました。肴はいかがいたしましょう」

「何ができる？」

武家は逆に問い返した。

「いまお出ししたのは、紫蘇《しそ》巻き納豆《なっとう》と茹で小蛸《こだこ》。これからおつくりしようと思っていたのは、牡蠣の二色田楽《にしょくでんがく》でございます」

厨から時吉が伝えた。

「どれもうまそうだ。娘と一緒につくっておるのか」

武家がおまさのほうもちらりと見てたずねた。

「いえ、これは修業中の弟子なので」

時吉がおまさを手で示した。

「そうか。てっきり実の娘かと思ったぞ」

髭面がやんわりと崩れる。

「ひょっとして、お武家さまは……」

ここでふと、おちよの勘が働いた。

「浅草の屋台で、うちの息子からここのことを聞かれたのでは？」

「よく分かるな。言葉巧みにここを薦《すす》められたものでな。つとめも暇ゆえ、足を延ばしてみた次第」

武家は笑って答えた。

「さようでしたか。薦めたのはうちの跡取り息子の千吉でございます」

おちよも笑みを浮かべて言った。

「千吉さんはどこへ行っても、のどか屋のために気張っていますね」

春田東明が満足げに言った。

「そりゃ、跡取り息子だから」

隠居の白い眉がやんわりと下がった。

ほどなく、酒と肴が出た。

呼び込みから帰ってきたおけいとおそめも手伝い、座敷の客に供する。

「おお、小蛸がやわらかいのう」

武家が食すなり言った。

だし汁に塩と醤油、それに味醂を加えてひと煮立ちする。冷めてからひと口大に切って下茹でした小蛸をつけ、味がなじむのを待つ。いたって簡明だが、酒にはうってつけの肴だ。

「この紫蘇《しそ》巻き納豆、初めて食べる味だな」

瓢屋の鶴松が言った。

「ほんに、山葵《わさび》が効いていておいしい」

おかみのおゆりも和す。

納豆を包丁で粗《あら》くたたき、山葵醬油を和《あ》えたものを紫蘇の葉で巻く。これまた簡明だがうまい肴だ。

「うちで出してもよろしゅうございましょうか」

鶴松がいくぶん声を落としておちよにたずねた。

「ええ、もちろんでございます。うちの豆腐飯はほうぼうの料理屋さんで出していただいておりますので」

時吉にも聞こえるように、おちよは答えた。

「わしは屋台で蕎麦にのせて食ったりしておるが、あれはうまいもんだのう」

武家が言った。

「では、一度お泊まりくださいまし」

おちよが如才なく言う。

「そうしたいところだが、用心棒に雇われているもので、夜は問屋に詰めておらねばならぬのだ」

武家はやや浮かぬ顔になった。

「どちらの問屋さんで」

おちよはたずねた。

用心棒を雇っている問屋なら、よほどの大店《おおだな》だろう。

「まあ、身すぎ世すぎでな。よい飯は食わせてくれるが、そろそろ潮時かもしれぬ」

武家はそう答えただけで、問屋の名は明かそうとしなかった。

次の肴は、牡蠣の二色田楽だった。

霜降りにした牡蠣を少しあぶってから、田楽味噌をのせて焼く。白味噌と赤味噌、風味の異なる二色の味噌を酒でほどよくのばし、牡蠣に塗りつけてわずかに焦げ目がつくほどに焼きあげると美味だ。牡蠣は時雨煮などもうまいが、これもすこぶるうまい。

「それでいいぞ。おろし柚子《ゆず》をのせたら出来上がりだ」

時吉は弟子に言った。

「はい」

引き締まった表情で、おまさは仕上げにかかった。

「まあ、きれい」

運ぶ前におちよが言った。

縁が青い平皿に盛ると、目でも楽しめる料理になる。

「近ごろはこれくらいでもお上《かみ》に目をつけられないかと心配になりますが」

時吉は苦笑いを浮かべた。

「民が磨いてきた芸の芽を摘むようなお上なら、そちらのほうを立て直したほうがいいかもしれませんね」

春田東明が珍しく語気を強めた。

座敷の客の評判は上々だった。

「おろし柚子がだるまの目みたいなものですね」

鶴松が感心の面持ちで言った。

「牡蠣もこうやって田楽になるんですねえ」

おゆりがうなずく。

「さて、牡蠣をいただいたら出かけるぞ」

瓢屋のあるじがおかみに言った。

「どちらまで？」

おけいがたずねた。

「朝は仕入れ先廻りのつとめだったので、ここからは物見遊山で浅草へ行ってまいります」

鶴松が答えた。

「でも、あの見世の構えがどうのとか、つとめのことばっかり思案してると思いますよ」

おゆりがおかしそうに言った。

「では、お気をつけて」

おちよが笑顔で見送る。

「うまい肴は、いま少しわしが食べていくから」

相席になった武家が軽口を飛ばした。

五

川崎から来た夫婦と入れ替わるように、黒四組の二人がやってきた。

安東満三郎と万年平之助だ。

「おう、新顔かい？」

あんみつ隠密がおまさのほうを指さして問うた。

「まさ、と申します」

おまさがあいさつする。

「亡くなった兄弟子の娘さんで、うちでお預かりしています」

時吉が告げた。

「そうかい。気張ってやんな」

「では、さっそくあんみつ煮をつくらせますので」

時吉が白い歯を見せた。

「おつとめのほうはお忙しいですか？」

酒を運びがてら、おちよがたずねた。

「凶作につけこんで米の値を吊り上げてる悪徳問屋を懲らしめてやろうと、いろいろ根回しをしたり網を張ったりでな」

黒四組のかしらがそう答えると、不精髭を生やした武家が猪口を置いた。急に落ち着きのない様子になる。

「韋駄天は今日も駆けずり回ってるよ。ほうぼうで飢え死にも出てるくらいなのに、銭もうけしか頭にない連中にも困ったもんだ」

万年同心が顔をしかめた。

韋駄天侍の井達天之助は忙しいようだ。

「ああ、そうそう、思い出した」

おちよが両手を打ち鳴らした。

えさと勘違いした小太郎としょうが急に浮き足立つ。

「はいはい、ごはんよ」と手を打ち鳴らしてから言うのが常だから、猫がぬか喜びするのも無理はない。

「ごめんね、ごはんじゃないの。……えーと、そうそう、佐野からうちに泊まりに見えたお客さんが米穀問屋の息がかかっている人から悪だくみを持ちかけられたそうなんです」

おちよが告げた。

礼太郎と智太郎の親子だ。

「ほう、佐野から」

と、あんみつ隠密。

「庄屋さんとその跡取り息子さんで」

おちよが告げた。

「で、悪だくみってのは？」

万年同心が身を乗り出した。

「お米を庄屋さんからじかに仕入れて、買い占めて値を吊り上げようっていう算段だったみたいです」

おちよの話を聞いて、武家がまたくいと猪口の酒を干した。

何とも言えない表情だ。

「外堀はもうだいたい埋めてあるんだがな」

あんみつ隠密がにやりと笑った。

「うちは捕り物の兵がいねえから、そのあたりの段取りが整い次第、捕まえてやる算段をしてるんだ」

万年同心が和す。

「で、その佐野の庄屋、何か言ってたかい」

安東満三郎がたずねた。

「ええ。悪だくみを持ちかけてきた問屋の手下の着物についてた屋号をしっかりと憶えてきてくださって」

おちよが答える。

「どういう屋号だい」

「丸に米俵が三つ積んである屋号だったそうで」

その言葉を聞いて、武家が短く嘆息した。

「南茅場町《みなみかやばちょう》の俵屋《たわらや》だな」

と、あんみつ隠密。

「やっぱりそうでしたね、かしら」

万年同心がうなずく。

そのとき、武家がぬっと立ち上がったかと思うと、座敷から下り、いきなり土間に両手をついた。

「すまぬ」

武家はやにわにわびた。

「藪《やぶ》から棒に何でえ。俵屋と何か関わりでもあるのか」

あんみつ隠密が身を乗り出して問う。

武家はひと息置いてから答えた。

「わしは……不肖、室口源左衛門《むろぐちげんざえもん》は、俵屋に用心棒として雇われておるのだ」

六

あんみつ煮が運ばれていったが、黒四組のかしらは箸をつけようとしなかった。

とにもかくにも土下座をやめさせ、座敷に戻して室口源左衛門からくわしい話を聞くことになった。

「情けないことじゃ」

源左衛門の肩が落ちていた。

「薄々、あくどいことをやっているのではあるまいかと案じてはおったのだが、馬鹿にならぬ用心棒代を払ってくれるゆえ、見て見ぬふりをしておった。まことにもって、身の不徳の致すところ」

無精髭の浪人はまた頭を下げた。

「悔い改めるってことかい」

あんみつ隠密がいくらか表情をやわらげた。

「いままで悪しき問屋の用心棒を生計《たつき》の道にしていた罪は消えはせぬと思うが……」

源左衛門がつらそうに言った。

「用心棒といっても、庄屋をおどして米を出させたりしていたわけじゃねえんだろう？」

黒四組のかしらはそう言って、あんみつ煮を口中《こうちゅう》に投じた。

「さようなことはしておらぬ」

源左衛門はあわてて首を横に振った。

「賊が押しこんできたり、だれかが因縁をつけにきたりしたときに備えて、問屋に寝泊まりしておっただけでござるよ。平生《へいぜい》はまったくやることがなく、暇で仕方がなかった」

「なら、大した罪じゃねえや」

あんみつ隠密が笑みを浮かべた。

「さりながら、それがしの気が済まぬ」

源左衛門は注がれた酒を呑み干した。

「いまから悔い改めればいいでしょう。悔い改めるのに遅すぎるということはないのですから」

一枚板の席から春田東明が言った。

何かを始めるのに遅すぎるということはない。齢などは関わりがない。気の持ちようで、いかようにも変わる。

儒学者は折にふれてそう教えていた。

「いまから……。ならば、今日にでも暇をもらい、明日から荷車引きでも何でもやって食っていくことにしようぞ」

源左衛門は腹をくくった顔つきになった。

「ちょっと待ってくんな」

あんみつ隠密が右手を挙げた。

「そのまま俵屋の用心棒を続けてくれたほうが、捕り方にとっちゃ好都合だ」

「なるほど、引き込み役ですな」

万年平之助が呑みこんだ顔で言う。

「引き込み役と言うと？」

源左衛門がけげんそうに問うた。

「盗賊は押し込みに入る見世に引き込み役を入れ、夜中に心張り棒を中から外させたりする。このたびは、押し入ってくるのが盗賊じゃなく、黒四組がまとめた捕り方だというだけの話だ」

あんみつ隠密がよどみなく言った。

「なるほど。それがしが暮夜《ぼや》ひそかに……」

源左衛門は心張り棒を外すしぐさをした。

「腕を買われての用心棒だ。剣の腕に覚えはあるんだろう？」

黒四組のかしらがたずねた。

「さる道場で他流試合を行っていたところ、俵屋の手下から声をかけられた次第で」

源左衛門が答える。

「用心棒を物色《ぶっしょく》してたんですな」

と、万年同心。

「それなら、おれの百倍は腕が立つ」

あんみつ隠密は二の腕をたたいた。

この御仁、知恵は回るが、剣の腕ははなはだ心もとない。

「それなりに覚えは」

まんざらでもなさそうな顔つきで、源左衛門は言った。

「いっそのこと、黒四組で雇ったらどうだい」

隠居が水を向けた。

「それはいいかもしれませんね。またわたしに白羽の矢が立ったら困りますから」

時吉が笑って言った。

「ひそかにそれも考えてたんだがよ」

「なにぶん自前の捕り方がいねえから」

黒四組の二人が言った。

「その黒四組というのは？」

源左衛門がいぶかしげに問うた。

「聞いたことはねえと思う。まあ他言無用で話を聞いてくんな」

安東満三郎は座り直し、黒四組のつとめについてかいつまんで伝えた。

源左衛門はいくたびもうなずきながら聞いていた。

「……とまあ、出来の悪い講談に出てくるみてえな組だがよ。やってることは巨悪を眠らせねえ悪者退治だから、意気に感じてやってくんな」

陰では人たらしとも呼ばれている男は、人好きのする笑みを浮かべた。

「悪い米穀問屋の用心棒をやってたのも、初めから捕り物のための引き込み役だったと考えりゃあ、帳消しもいいとこだぜ」

万年同心も言う。

室口源左衛門は、やおら居住まいを正した。

「お頼み申す。精一杯つとめまする」

芯《しん》のある声で、浪人は言った。

それを聞いて、のどか屋の面々はこぞってほっとしたような顔つきになった。

第四章　定家煮《ていかに》とぱりぱり焼き

一

「おはようございます」

朝ののどか屋に、おまさのいい声が響いた。

「おお、元気がいいね」

瓢屋の鶴松が笑みを浮かべた。

「ほんと、気持ちのいいあいさつだこと」

おかみのおゆりも和す。

昨日は浅草の観音さまにお参りし、門前をひとわたり歩いて見世にも入り、夜遅くに戻ってきた。今日はこれから川崎へ発つ。明日からまた川崎大師の門前で瓢屋ののれんを出す。

「ありがたく存じます。豆腐飯のお膳、お待たせしましたー」

おまさはのどか屋の朝の名物を出した。

「おっ、下から手が出てるな」

「いい按配だぜ」

常連の大工衆が言う。

「はい、教わったとおりで」

おまさは時吉のほうを見た。

「それでいいぞ」

時吉は満足げに言った。

「ああ、でも、これは絶品ですね」

味のしみた豆腐を口に運ぶなり、鶴松が言った。

「これなら、あの子にでもつくれるかも」

おゆりが言う。

「どうかな。ほんとに、やる気だけはあるんだが、料理人としての腕がないんで」

瓢屋のあるじが苦笑いを浮かべた。

「跡取り息子さんですか？」

おちよが問う。

「そうなんで。亀太郎《かめたろう》っていうんですが、料理人としちゃあ甘々もいいところでしてね」

鶴松が答えた。

「当人はまじめにやってるんですけど、味つけが甘くなったり辛くなったりで」

と、おゆり。

「わたしも父が料理人ですが、おめえの味つけは大ざっぱだと事あるごとに言われました」

おちよは笑みを浮かべた。

「叔父が旅籠をやってるんですが、もう歳で隠居したいからおまえらに譲ると言ってくれてるんです。それで、こちらのうわさを聞いて、できることならせがれに旅籠付きの小料理屋をと思いましてねえ」

鶴松はそう言うと、わっとまぜて薬味をかけた豆腐飯を口に運んだ。

「そんな、旅籠付きの小料理屋じゃなくて、お料理の出る旅籠でいいわよ、おまえさん」

おゆりがそう言って続く。

「なら、せがれも修業によこしゃどうでえ」

「そうそう。豆腐飯なら、不器用な料理人だって身につくぜ」

大工衆が水を向けた。

「どうしよう、おまえさん」

おゆりは心を動かされた様子だった。

「うちはいつ来てくださってても大丈夫です」

時吉が白い歯を見せた。

「さようですか。では、せがれとも相談して決めさせてもらいます」

瓢屋のあるじは頭を下げた。

「あの子は愛想のいいほうで、旅籠のあるじならつとまりそうだから、料理人さんを雇うっていうことも考えてるんですが」

おゆりが言った。

「まあ、そうするにしても、ひととおりは厨仕事ができたほうがいいやね」

もう心を決めた様子で、鶴松が言った。

二

その日の二幕目――。

旅籠の客の案内も終え、みながひと息ついたころ、元締めの信兵衛とともにおしげがのれんをくぐってきた。

「まあ、おっかさん」

厨で鍋の具合を見ていたおまさが言った。

「達者でやってるかどうか、様子を見に来たんだよ」

母が笑みを浮かべた。

「気張ってやってくださってますよ」

おちよがすぐさま答える。

「ずっと立ち仕事なのに、よくやってくれています」

時吉も和す。

「もう女料理人がつとまるよ」

今日も一枚板の席に陣取っている隠居が太鼓判を捺《お》した。

「おっかさんのほうはどう？」

娘が訊く。

「巴屋のみなさんがよくしてくださるんで、なんとかね」

「いやいや、一人で三人分くらい気張ってくれてるよ。おかげで、巴屋のあるじもおかみもほくほく顔だよ」

信兵衛はそう言って、隠居の隣に腰を下ろした。

「娘さんの料理、召し上がっていきますか？」

時吉が水を向けた。

「もうそろそろ頃合なので」

おまさも和す。

「そうねえ。なら、旅籠の掃除もあるからひと品だけ」

おしげは指を一本立てた。

ほどなく、料理ができあがった。

鶏《とり》の定家煮《ていかに》だ。

だしに醤油と味醂と酒を加えた煮汁に、骨付きの鶏肉と唐辛子《とうがらし》と大蒜《にんにく》を入れる、落とし蓋をしてことことと煮詰めたあと、さらに煮詰めてやる。盛り付けてから残った煮汁をかけ、焼き葱を添えれば出来上がりだ。

「普通の定家煮はお魚を酒と塩で煮るんですけど、今日は鶏を使ってみました」

おちよが講釈しながら、座敷のおしげのもとへ運んでいった。


来ぬ人をまつほの浦の夕なぎにやくや藻塩《もしお》の身もこがれつつ

季川がさらりと学のあるところを見せる。藤原定家《ふじわらのていか》のこの歌から、塩で煮る料理に定家煮の名がついた。

「へえ、おいしそう」

おしげが身を乗り出した。

「鶏はやわらかくなってると思うんだけど」

おまさはいくらか不安げな顔つきだった。

「なら、食べてみるね」

母は箸を取った。

「どれ、わたしも」

元締めが一枚板の席で賞味を始めた。

「ほかほかのご飯が恋しくなる味だよ」

隠居が満足げに言った。

「ああ、ほんと」

おしげの表情が変わった。

それを見て、娘の顔つきもやわらいだ。食べたものがおいしいかどうかは、顔を見れば察しがつく。

「やわらかくなってる？」

おまさが問う。

「かみごたえも残ってるから、これでちょうどいいよ。それに、この味……」

おしげはひと息入れてから続けた。

「あの人が生きてたら、きっとこう言うよ。『こりゃあ飯三杯いけるぜ』って」

おしげは料理人だった亡き夫の声色《こわいろ》を遣った。

「『渋い肴じゃねえか』って？」

おまさも和す。

「そうそう。まだそこにいるみたいだねえ」

おしげはしみじみとした口調で言うと、目元にちらっと指をやった。

「この按配《あんばい》なら、宗吉さんの後継ぎになれますよ」

時吉がちらりとおまさを見てから言った。

「どうか厳しく教えてやってくださいましな」

情のこもった声で言うと、おしげは残りの定家煮を口に運んだ。

「……よくつくれるようになったわねえ、あの人が喜ぶような料理を」

ややあって、おしげは半ば独りごちるように言った。

おちよもしんみりとうなずいた。

おしげの気持ちが痛いほどに伝わってきたからだ。

三

「なんだ、蕎麦屋じゃなかったのか？」

千吉たちの顔を見るなり、時吉が驚いたように訊いた。

「おいら、そのつもりだったんだがよ」

信吉がいくらか不服そうに言った。

「千吉兄さんが『やっぱり、のどか屋にしよう』って」

いちばん年若の寅吉もやや片づかないような顔つきだった。

「気が変わったの？」

おちよが問う。

「うん、まあ、おいしい料理が出てるような気がしたから」

千吉はそう言って厨のほうを見た。

「真名鰹《まながつお》の味噌焼きをつくってるの」

おまさが笑顔で言った。

「へえ、おいしそう」

千吉が近づく。

「おう、こっちじゃねえのかい」

座敷から声をかけたのは、おなじみの岩本町の名物男だ。

「こっちのほうが広いぜ」

野菜の棒手振りの富八も身ぶりをまじえる。

「はは、おまさちゃんの近くのほうがいいやね。ほら、座りなさい」

一枚板の席の隠居が席を詰めた。

「じゃあ、ご隠居さんのほうへ」

千吉はいそいそとそちらへ向かった。

湯屋のあるじと野菜の棒手振りが思わず苦笑いを浮かべる。

「いまから焼くべ？」

信吉が座るなりおまさにたずねた。

「はい。ここまででも、とってもむずかしくて」

おまさが答えた。

「うねらせながら串を打つのがむずかしいよね」

千吉が話を合わせる。

「うん。あとは焼くだけだから」

おまさが笑みを浮かべた。

真名鰹の味噌焼きは、こうつくる。

白味噌に味醂と酒、それに甘酒をまぜ、味噌床をつくる。これに二度にわたって真名鰹を漬けこむ。三枚おろしにし、骨を取ってから軽く塩を振り、一刻（約二時間）おいた身だ。

ほどよく漬かったら味噌をていねいに拭き取り、一寸弱（約三センチ）の幅でいくらか斜めに切り分ける。

さらに、皮目には浅く切り込みを入れる。こうしてやると火の通り具合が違う。

いよいよ串打ちだ。身をうねらせながら平串を打つのには手際の良さが求められる。

「なら、焼いてくれ」

時吉が言った。

「はい」

いい声で答えると、おまさは焼きにかかった。

「そうそう、皮目から」

千吉が声をかける。

「教えてあるから、黙って見てな」

時吉にそう言われたから、千吉はしぶしぶ黙った。

皮目から焼いて六分どおり火が通ったら、さっと裏返して身のほうを焼く。おまさの手際はなかなかのものだった。

「おいらよりずっとうめえべ」

信吉が真顔で言った。

「はい、お待ちどおさま」

まず千吉に出す。

時吉も手伝い、残りも次々に焼いていく。

「ああ、おいしい」

食すなり、千吉の顔がほころんだ。

「うまいね。味噌漬けの焼きものは焦げやすいんだが、ちょうどいい按配に焼けているよ」

隠居も笑みを浮かべた。

「ありがたく存じます」

おまさが笑みを返す。

座敷にはおまさが運んでいった。

「野菜の付け合わせはねえのかよ」

富八がまずそこに文句を言う。

「これから椎茸を焼きますので」

時吉が厨から言った。

「焼きたてに醤油をたらしたらうめえんだ、椎茸も」

寅次がそう言って真名鰹の味噌焼きにかぶりついたとき、表でいくたりもの人の気配がした。

おそめとおけいが客をつれて帰ってきたのかと思ったが、違った。

どやどやと入ってきたのは、なじみのよ組の火消し衆だった。

四

「えっ、俵屋の捕り物ですか？」

おちよが驚いたように訊いた。

「捕り物って言ったって、おれらはしんがりをつとめただけだがよ」

纏《まとい》持ちの梅次《うめじ》が言う。

「しんがりって言やあ、昔の合戦場みてえで聞こえはいいが、うしろのほうに控えてただけでね」

かしらの竹一《たけいち》が苦笑いを浮かべた。

座敷には座りきれないので、火消し衆は土間にも陣取った。急な大入りで戸惑ったが、千吉たちも酒の運び役を買って出てくれたから、どうにか手は足りた。あとはおまさの手も借りて大車輪で焼き物だ。

「なるほど、あんみつの旦那からの筋で」

火消し衆から話を聞いた梅次が呑みこんだ顔で言った。

「韋駄天自慢の若えお侍がすっ飛んできて、俵屋の捕り物を助《す》けてくれねえかってことでよ」

竹一が言った。

「ああ、韋駄天さんが」

おちよがうなずく。

「で、捕り物はどうなったんだい？」

一枚板の席から、隠居がたずねた。

「米を貯めこんで値を吊り上げてた俵屋は、あるじも番頭もひっつかまったよ」

よ組のかしらが笑みを浮かべた。

「ひっつかまえたのは、おれらじゃねえけどよ」

「火盗改方と町方の寄せ集めと聞いた」

「それだけじゃねえ。俵屋の用心棒をやってた武家が寝返って、大車輪の働きだった」

「のどか屋へも行ったことがあるって聞いたぜ」

火消し衆がさえずる。

「まあ、あの室口さまが」

おちよがそう言って時吉のほうを見た。

「働きだったんだねえ」

時吉は感慨深げに言うと、武家と縁のある千吉たちに先日の話の勘どころを伝えた。

「へえ、あのお侍さんが」

千吉が目をまるくした。

「悪者の用心棒だったべ？」

と、寅吉。

「それを悔い改めて、悪者をひっつかまえたんだべ」

信吉が箸を刀のように動かした。

「何にせよ、めでてえじゃねえか」

岩本町の名物男の声が高くなった。

「おのれだけ米を貯めこんで、値を吊り上げてもうけるなんざ、江戸っ子の風上《かざかみ》にも置けねえからな」

野菜の棒手振りが力《りき》む。

「そのとおりだぜ」

「お仕置きでいいぞ」

「てめえだけいい目をしやがって」

「世の中にゃ米も食えねえ連中もいるってのによう」

火消し衆が口々に言った。

ここで椎茸が焼き上がった。甘藷や海老、それに鯛《たい》などの天麩羅も揚がりはじめる。

「わたしも手伝うよ」

数が多くておまさが苦労しているのを見て、千吉が厨に入った。

「なら、海老をお願いします」

おまさが言った。

「はいよ」

千吉が白い歯を見せた。

五

翌日の二幕目――。
黒四組の面々が意気揚々とのれんをくぐってきた。

「おう、今日は捕り物の打ち上げで」

あんみつ隠密が顔を見せるなり言った。

「ようこそのお越しで」

おちよが笑顔で出迎える。

「お働きご苦労さまでございます」

おけいも和す。

かしらの安東満三郎に続いて、万年平之助同心、韋駄天侍こと井達天之助、それに、しんがりから室口源左衛門がいくらか首をすくめて姿を現した。

「これはこれは室口さま、このたびはお働きで」

厨から時吉が言った。

「のどか屋では、その話で持ち切りだよ」

一枚板の席から振り向いて、隠居が言った。

「かわら版も出ていましたからねえ」

その横から元締めの信兵衛も言う。

「いやはや、汗顔《かんがん》の至り」

そう言いながらも、源左衛門はまんざらでもなさそうな顔つきだった。

「今日は二重の祝いだから、酒と肴をどんどん持ってきてくんな」

空いていた座敷に陣取るや、黒四組のかしらが言った。

「二重、と申しますと？」

おちよがややいぶかしげに問うた。

悪い米穀問屋をお縄にした祝いだということは分かるが、もう一つの見当がつかなかった。

「わが黒四組は日の本一の少数精鋭だ。かしらのおれに、江戸を仕切る万年」

身ぶりで隣を示す。

「べつに仕切っちゃいませんや」

万年同心は苦笑いを浮かべると、物おじしない小太郎をひょいと持ち上げてゆさぶってみせた。

「いっちょ前にかみやがった」

と、猫を放す。

「それに、日の本のいずこへでも駆けていく韋駄天侍」

今度は井達天之助を示した。

「それしか取り柄がありませんから」

脚自慢の若者が白い歯を見せた。

「ただ、剣術の腕が立つやつが一人もいねえ。捕り物のたびに町方や火盗改や代官所などから兵を借りてやりくりしてるが、一人くらい自前の捕り方がいてもいいやね」

安東満三郎は味のある笑みを浮かべた。

「そうすると、室口さまが黒四組に？」

おちよが武家を見た。

前に来たときは無精髭がむさくるしかったが、今日はだいぶさっぱりしている。

「黒四組の用心棒に、というありがたいお話をいただいたものでな」

源左衛門も笑みを浮かべた。

「黒四組じゃねえぞ。この日の本のたった一人の用心棒だ。それくらいの気概でやってくんな」

人扱いのうまいあんみつ隠密が言った。

「微力ながら、つとめまする」

源左衛門はあらたまった口調で答えた。

「そりゃあまさしく二重の祝いだね」

隠居の白い眉がやんわりと下がった。

「日の本のたった一人の用心棒とは、男《おとこ》冥利《みょうり》に尽きますな」

元締めも和す。

「では、祝いにおいしい肴をつくらせていただきますので」

時吉はそう言っておまさを見た。

「はいっ」

茜色《あかねいろ》の鉢巻を締めた娘がいい声で答えた。

まず供されたのは、平目のぱりぱり焼きだった。

平たい鍋に油を引き、塩胡椒をして薄く粉をはたいた平目を焼く。皮のほうから焼くのが骨法だ。箸で押さえつけながら焼き、ぱりぱりといういい音が響きだしたら裏返して身のほうも焼く。焼いた長葱を付け合わせに添えれば出来上がりだ。

「皮がぱりぱりしていてうめえな。ちょうどいい焼き加減だ」

まず万年同心が言った。

それを聞いて、おまさがほっとした表情になった。

「うん、甘え」

あんみつ隠密の口からお得意のせりふが飛び出した。

もちろん、安東満三郎の皿にだけは味醂がたっぷりかかっている。

「栗ごはんもございますが、どういたしましょう」

おちよが水を向けた。

「そりゃあいいな」

源左衛門がすかさず言った。

「わたしもいただきます」

天之助も手を挙げる。

ほどなく、ほっこりと炊けた栗ごはんが出た。ほくほくの栗に脇役の油揚げ、箸が止まらぬうまさだ。

「塩加減はおまさにやらせたんですが、いかがでしょう」

時吉が問う。

「ちょうどいいね」

隠居が笑みを浮かべる。

「この味が出せれば、どこへ行っても通用するよ」

元締めも太鼓判を捺した。

「これなら三杯飯もいけそうだ」

源左衛門が笑う。

「どうぞお代わりしてくださいましな」

おちよが言った。

「捕り物がないとき、室口さまはどうされているんでしょう」

時吉が問うた。

「前におれが通《かよ》ってた道場を紹介してやった」

あんみつ隠密がそう言って、運ばれてきたあんみつ煮にさっそく箸を伸ばした。

「ありがたいことに、指南役を仰せつかったものでな」

源左衛門は嬉しそうに伝えた。

話を聞くと、さほど遠からぬ場所だった。それなら折を見て時吉も腕を磨きに行く、とさらに話が弾んだ。

そうこうしているうちに、おそめが泊まり客を案内してきた。おけいとともに旅籠へ荷を運ぶ。今日も旅籠付きの小料理屋は先客万来だ。

「柿と牡蠣、どちらも焼き物にできますが、いかがいたしましょう」

おちよがたずねた。

同じカキだが、音の上げ下げが違う。

「なら、潮の香りのするほうで」

隠居がすぐさま言った。

「わたしは江戸前で獲れるほうで」

元締めが続く。

「そりゃ同じだね」

隠居が笑った。

結局、焼き柿を頼んだのはあんみつ隠密だけだった。柿は焼くと甘くなる。そこに味醂を回しかけると、さらに甘くなってうまい。

「おれが独り占めか」

黒四組のかしらが笑みを浮かべた。

「米の独り占めより、千倍くらいいいでしょう」

万年同心が、このたびの一件を踏まえて言った。

「千じゃきかねえや。……うん、甘え」

焼き柿を胃の腑に落とすなり、あんみつ隠密は破顔一笑した。

第五章　吹き寄せ蕎麦と紅白盛り

一

「おや、今日はおまえだけか？」

時吉が厨からたずねた。

いつも舌だめしのときは三人組なのに、今日のれんをくぐってきたのは跡取り息子の千吉だけだった。

「うん。ちょっと飽きたからよそへ行きたいって言うから、『小菊《こぎく》』を紹介してきた」

千吉は答えた。

岩本町の「小菊」は時吉の弟子の吉太郎《きちたろう》があるじをつとめる細工寿司の見世だ。おにぎりと味噌汁がうまく、細工寿司の持ち帰りもできる。つれあいで湯屋の娘のおとせばかりでなく、このところは跡取り息子の岩兵衛《いわべえ》もわらべなりに見世を手伝っているらしい。

「お久しぶりです」

千吉は先客にあいさつして一枚板の席に腰を下ろした。

「おお、元気だったかい?」

にこやかに問うたのは、力屋のあるじの信五郎《しんごろう》だった。その隣には、例によって隠居の季川も陣取っている。

「はい。長吉屋で修業してます」

千吉が笑顔で答える。

「跡取りの面構えになってきたねえ」

信五郎が時吉に言った。

「まあ、ちょっとずつ腕は上がっているようです」

時吉は答えた。

「いいことだよ」

信五郎は笑みを浮かべた。

のどか屋とは猫縁者で、やまとという猫がぶちと名を改め、力屋でずいぶん長く飼われている。そのよしみで前から娘のおしのとともにちょくちょくのれんをくぐってくれていたのだが、おしのが時吉の弟子と結ばれてから、いっそう縁が深くなった。

その弟子、京からやってきた為助とおしののあいだには、早くも来年にはややこができるらしい。信五郎にとっては初孫《ういまご》になるから、その話になると目尻がなおさら下がる。

「揚げ出し豆腐つくるの？」

千吉がおまさに声をかけた。

「うん、いまから揚げるとこ」

おまさはそう言って、ふっと一つ息を吐いた。

「片栗粉《かたくりこ》はまんべんなくまぶしたか？」

時吉が問うた。

「はい、師匠」

おまさはいい声で答えた。

奴《やっこ》に切って水切りをした豆腐に、刷毛《はけ》で片栗粉をまぶしてやるのが肝要だ。そうしてから揚げると、かりっとしたうまい仕上がりになる。

「おいしそう」

揚げる前から千吉が言ったから、のどか屋に和気が満ちた。

おまさは背筋を伸ばして豆腐を揚げはじめた。揚げ上がりを急がず、箸でつまんだ豆腐を油の面につけたまま十数えるのが骨法だ。こうしてから油を切ると、余計な油が落ちるし、仕上がりも良くなる。

「ひい、ふう、みい……」

千吉もおまさの唇の動きに合わせて数える。

揚げ出し豆腐は次々にできた。

器に盛って、天つゆと大根おろしを添える。

「お待たせいたしました」

おまさが一枚板の席の客に出す。

「うちだと上品すぎて出せない料理だね」

力屋のあるじが言った。

「大きなちくわ天を丼にのせて、だし醤油をかけて食べたのを思い出します」

時吉が言った。

「そりゃ力が出そうだね。……おお、かりっとしていてうまいよ」

隠居がおまさに言った。

「千ちゃんはどう？」

おまさがたずねた。

はふはふと口を動かしていた千吉は、まっすぐおまさのほうを見ると、弾《はじ》けるような笑顔で答えた。

「おいしい！」

二

その後は千吉も厨に入り、秋刀魚の蒲焼《かばや》きなどをつくった。秋刀魚はむろん塩焼きもうまいが、蒲焼きもなかなかの美味だ。

そうこうしているうちに、両国橋の西詰で呼び込みをしていたおけいとおそめが客をいくたりかつれて帰ってきた。初顔もいれば、見知った顔もある。

「ようこそのお越しで」

おちよが親子とおぼしい二人に声をかけた。

もっとも、父親のほうはなじみの顔だった。川崎大師の門前で瓢屋を営んでいる鶴松だ。

「また世話になります」

瓢屋のあるじは頭を下げた。

「こちらこそ。息子さんで？」

おちよが手つきをまじえて問う。

「亀太郎と申します」

背が高くて容子《ようす》のいい若者が名乗った。

「のどか屋のあるじの時吉と、見習いの者たちです」

時吉は厨から言った。

「跡取り息子の千吉です」

見習いといっしょくたに呼ばれたのが少し引っかかったのか、千吉はおのれから名乗った。

「修業中のおまさと申します」

おまさがぺこりと頭を下げた。

「ずいぶんと背が高くて男前だね。息子さんは修業に入るのかい」

隠居が問うた。

「もしお邪魔でなければ、料理人としてものになりそうかどうか、見てやっていただければと存じまして」

いくらかあいまいな表情で、鶴松は答えた。

まじめで愛想がいいから、叔父から譲り受けることになっている旅籠のあるじならつとまりそうだが、のどか屋のような旅籠付きの料理屋だと荷が重いかもしれないと前に言っていた。

「なら、ともかく荷を下ろしてゆっくりしてくださいましな」

おちよが笑みを浮かべた。

「二階のお部屋にご案内いたしますので」

おそめが身ぶりをまじえる。

べつの客はおけいが案内していた。しばらくばたばたと場が動き、ややあって瓢屋の親子が戻ってきた。

「昼に出した蕎麦がいくらか余ったので、揚げて吹き寄せにするつもりなんだが、手伝ってみるかい？」

時吉は亀太郎に水を向けた。

「……は、はい、包丁は持ってきましたので」

亀太郎はやや自信なさげに答えた。

三

隠居が席を譲り、瓢屋の鶴松が力屋の信五郎と並ぶかたちになった。料理のたちは違うとはいえ、同じ飯屋のあるじだ。ただちに話が弾みだした。

瓢屋では奈良茶飯膳《ならちゃめしぜん》が人気のようだった。川崎宿の名物として知られる奈良茶飯に汁椀や田楽などをつけた膳だ。

「こちらで教わった豆腐飯の膳も人気です」

鶴松はそう言って、つがれた猪口の酒を呑み干した。

「それはありがたいことで」

時吉がすぐさま言った。

「うちの豆腐飯、ほうぼうに広まってますから」

跡取り息子の顔で、千吉も言う。

その隣で、おまさが吹き寄せ蕎麦の具の下ごしらえをしていた。

余ってのびてしまった蕎麦でも、揚げて旬《しゅん》の具をのせれば見違えるような料理に生まれ変わる。

「栗《くり》と銀杏はさっと揚げるだけでいいぞ」

時吉が声をかけた。

「はい」

おまさが打てば響くように答えた。

亀太郎は茸の下ごしらえを任されていたが、包丁を操る手つきはどうも心もとなかった。石突《いしづき》を取るだけでも苦労している。

「松茸は手で裂くんだぞ。前にも言っただろう」

見かねて鶴松が声をかけた。

「ああ、そうか」

亀太郎が包丁を置き、松茸を縦に裂きはじめる。相変わらず手つきは怪しい。

「よし、どちらでもいいから、蕎麦を揚げてくれ」

頃合いを見て、時吉が言った。

「千ちゃん、やる？」

おまさが問う。

「やってもいい？」

千吉が問い返した。

「うん、いいよ」

おまさは快く譲ると、見かねて亀太郎を助けだした。

「こうやって、さっさっと勢いをつけたほうがうまくできますよ」

と、手本を見せる。

たちまち松茸のいい香りが漂ってきた。

「ああ、なるほど。上手《じょうず》だねえ」

亀太郎は感に堪えたように言った。

「すぐ娘料理人がつとまりそうだね」

隠居が笑みを浮かべた。

「その手際なら、どこへ行っても大丈夫だよ」

信五郎も太鼓判を捺《お》す。

「まだまだ修業中ですから」

おまさは控えめに答えた。

千吉が揚げた蕎麦の粗熱《あらねつ》が取れると、食べやすいように手で折った。

「あんまり短くしすぎるな」

時吉が言った。

「長さをそろえるんでしょうか」

亀太郎があいまいな顔つきで問う。

「そこまではしなくていいぞ」

と、時吉。

「そうやってどうでもいいところにいちいち引っかかるから、料理人としては前へ進まないんだ」

父の鶴松がじれったそうに言った。

「うーん、まあ、そうなんだけれど……」

せがれは煮えきらない。

「でも、旅籠を切り盛りするには、物事をしっかり考える性分のほうが頼りになりますよ」

おちよが助け舟を出した。

「たしかに、仕入れなどを含めた銭勘定などはちゃんとできるんですがねえ」

瓢屋のあるじはそう答えたが、やはりどこか物足りなさそうな顔つきだった。

吹き寄せ蕎麦は仕上げに入った。

ここは時吉が手本を示した。

「茸を油でさっと炒《いた》めたら、蕎麦つゆを張る。ここに水溶きの葛《くず》をかけてとろみを出すのが骨法だ」

手を動かしながら教える。

「葛がなかったら、片栗粉でもよろしいでしょうか」

おまさが問うた。

「いいぞ。片栗粉でもとろみはつくからな」

そのやり取りを聞いて、鶴松がうなずいた。

ほどなく、吹き寄せ蕎麦ができあがった。

茸に栗に銀杏。秋の恵みがふんだんに入ったあんかけ揚げ蕎麦だ。彩りと香りづけに三つ葉の軸も散らしてある。

「これもうちでは出せない料理です」

少し賞味してから、力屋のあるじが言った。

「うちでも厳しいかもしれませんね……ぱりぱりしておいしいです」

瓢屋のあるじが満足げに言う。

「のびた蕎麦でも、衣の着せ方によってこんなに変わるんだねえ」

隠居が感に堪えたように言った。

「もう憶えたか？」

時吉が弟子たちにたずねた。

「うん……いや、はい」

千吉が真っ先に答えた。

「段取りは頭に入りました」

おまさが続く。

「おまえはどうだ」

時吉は亀太郎に問うた。

「うーん、できるかどうか……」

亀太郎が相変わらず煮えきらない返事をしたから、鶴松が何とも言えない表情になった。

四

翌朝はもちろん、のどか屋名物の豆腐飯の膳だった。

泊まり客ばかりでなく、近くに普請場がある大工衆も詰めかけ、見世はたちまち一杯になった。

けさは活きのいい秋刀魚が入ったので、豪勢に焼き魚もつけた。日頃からのひいきに応え、値《あたい》も同じだ。

「おっ、いい日に来たぜ」

「朝から幸先《さいさき》がいいや」

大工衆が口々に言う。

「秋刀魚、焼いてみるか？」

時吉が亀太郎に声をかけた。

焼き魚が加わっているから、厨は大忙しだ。千吉はまた長吉屋の住み込み修業に戻っていていない。

そこで、おまさに加えて亀太郎にも手伝ってもらうことになった。豆腐飯は川崎の瓢屋でも出しているから、遅いなりに手は動いていた。そこで、焼き魚もやらせてみることにしたのだ。

「わたしがですか？」

亀太郎は自信なさげな表情だった。

「せっかく来たんだ。やってみな」

一枚板の席から目を光らせている鶴松が言った。

「は、はい、では」

亀太郎はいくらか腰を引きながら焼き場に立った。

「裏返す時を間違えなければ大丈夫ですから」

おまさが気遣って声をかける。

「ああ」

緊張の面持ちで答えると、亀太郎は秋刀魚を焼きだした。

だが……。

仕上がりはどうも芳《かんば》しくなかった。焼きすぎて焦がしてしまったり、逆に生焼けだったり、じっと見守っていた鶴松がげんなりした顔つきになったほどだった。

「これじゃお客さんには出せないな。焼きはおまさに任せて、大根おろしのほうをやってくれ」

時吉はすぐ見かぎった。

「相済みません」

亀太郎が謝る。

「しくじりながら覚えるのが料理だから」

おまさの励ましに、亀太郎は弱々しい笑みを浮かべた。

「もっと腰を入れろ。ちゃきちゃき手を動かすんだ」

見かねて鶴松が言う。

父が嘆くように、料理人としてはどうも筋が良くないようだ。

「よし、膳を運んでくれ」

時吉はべつの仕事を頼んだ。

「はいっ」

亀太郎は気を取り直すように答えた。

「お待たせいたしました。朝の豆腐膳でございます」

座敷の大工衆に運んでいく。

声はしっかり出ているし、腰も低い。料理と違って、こちらはなかなかのものだった。

「おう、ありがとよ」

「おめえ、修業に入った新弟子かい？」

大工衆の一人が問うた。

「いえ、弟子に入ったわけではないんですが、父が川崎大師の門前で瓢屋という料理屋をやっておりまして」

亀太郎は一枚板の席のほうを手で示した。

「せがれに継がせたら、すぐつぶれちまいまさ」

鶴松は苦笑いを浮かべてから続けた。

「叔父が旅籠を譲りたいって言うので、のどか屋さんみたいな旅籠付きの小料理屋、いや、飯も食える旅籠をやらせてみようかと思いまして、学びを兼ねてつれてきたんですがねえ。せがれの腕じゃ、料理は出さねえほうがいいんじゃねえかと思い直してるところで」

瓢屋のあるじは包み隠さず告げた。

「なら、料理人を雇えばいいじゃねえかよ」

「おう、いいこと言うぜ」

「おまさちゃんはどうだい」

「嫁にしちまったら、ちょうど按配がいいぜ」

「おっ、そりゃめでてえ話だな」

気のいい大工衆はどんどん先走って言った。

「いや、その、そう言われましても……」

亀太郎は急にうろたえだした。

おまさも厨で手を動かしながら顔を赤く染めている。

「赤くならなくったっていいじゃねえか」

「お、次の膳ができてるぜ」

大工衆にうながされて、亀太郎は厨のほうへ戻っていった。

おまさと目と目が合う。

その様子を、おちよがほほ笑ましそうに見ていた。

五

昼は秋刀魚膳になった。

煮豆とお浸しの小鉢に、香の物と味噌汁がつく。

おまさは焼きを受け持ったが、亀太郎はもっぱら運び役だった。洗いものもする。

料理は不得手だが、そういうつとめはそつなくこなしていた。

「毎度ありがたく存じます」

なにより、いい声が出る。

背が高くて容子もいいから、旅籠の若あるじならぴったりだ。

昼の部が終わると、のどか屋は中休みに入る。鶴松と亀太郎は何やら話があるらしく、おちよが教えた近くの汁粉屋へ行っていた。

二幕目が開くなり、常連中の常連の隠居と元締めが来た。

少し遅れて、瓢屋の親子ものれんを分けて戻ってきた。どうやら話がまとまったらしい。

「今日はどちらへ？」

隠居がたずねた。

「浅草へ行ってみようかと思ってるんですが、その前に……」

鶴松はそう言って、一枚板の席に座った。

「ぼおっと突っ立ってないで、おまえも座れ。大事な話なんだから」

父が手招きをした。

「はい」

亀太郎も座る。

二幕目が開いたばかりなのに、早くも一枚板の席に四人並ぶかたちになった。

「大事な話と申しますと？」

時吉が訊いた。

「けさ、大工のお客さんも言ってました。旅籠をせがれに任せるにしても、料理は心もとない。それなら、料理人を雇ったらどうかと」

「ええ」

「そのちょうどいい料理人が、目の前に」

瓢屋のあるじが指さしたのは、厨で手を動かしているおまさだった。

「わたしですか？」

娘が目を瞠《みは》った。

「包丁さばきを見ていたら、せがれの十倍はうまいので、うちの後継ぎでもつとまりそうで」

鶴松が笑みを浮かべた。

「すると、叔父さんから引き継ぐ旅籠じゃなくて、瓢屋さんのほうで？」

おちよがたずねた。

「いや、ひとまずは旅籠の料理人で。まだまだわたしも女房も達者ですから、瓢屋は体が続くかぎりやらせていただくつもりですよ」

鶴松は答えた。

「でも、川崎だとおっかさんが……」

おまさは困った顔つきになった。

「なら、おしげさんも旅籠で働いてもらったらどうだい。巴屋ではよくやってくれてるし、もともと宗しげのおかみだったんだからね」

元締めがすかさず案を出した。

「お母さんも料理屋を？」

鶴松がたずねた。

「はい。父の宗吉とともに宗しげという見世を切り盛りしていました。ところが、父が亡くなってしまったので、わたしが後継ぎの料理人になりたいと思って、こうして修業させていただいているんです」

おまさはしっかりした口調で答えた。

それを聞いて、亀太郎がうなずく。

「親子で同じところで働ければ、それがいちばんだと思いますよ」

おちよが言った。

「そうだね。いい話じゃないか」

隠居も風を送った。

「なら、呑みかけたところだが、巴屋まで行ってくるよ」

信兵衛が笑みを浮かべて立ち上がった。

こうして、ばたばたと段取りが進んだ。

六

元締めが巴屋からおしげを連れてくるまで、宗しげの思い出話をおまさから聞いた。

隠居とともに一枚板の席に座った瓢屋の親子は、いくたびも問いを発しながら聞いていた。

「背筋の伸びた料理人の姿が目に浮かぶかのようだね」

鶴松がしみじみと言った。

「はい。猫背になってると、よく背中をぽんとたたいてしかられました」

里芋の面取りをしながら、おまさが言った。

里芋はつるつるすべるから扱いにくいが、おまさの面取りは実に堂に入っていた。

背筋もきちんと伸びている。

「わたしだったら、もう二、三度落っことしてるよ」

亀太郎がおまさに言った。

「里芋の煮っころがしは宗しげでよく出してたんです」

おまさは答えた。

「ほっこりする味だからね」

と、隠居。

「ええ。お客さんにもよく言われました」

宗しげの看板娘だったおまさは懐かしそうに言った。

今日の里芋は白煮にする。天地を切り落として六面むきにした里芋は、茹でるときに多めの酢を入れておくと白く仕上がる。下茹でが終わったら、鍋に並べて水を張り、味醂や砂糖などを加えて味を含ませていく。

白煮に取り合わせるのは焼き海老だ。酒醤油につけておいた海老を香ばしく焼いて取り合わせると、目にも鮮やかな紅白の盛りになる。

仕上がるまで時がかかるため、時吉が先にべつの料理を出した。

「はい、お待ちどおさまで」

一枚板の席に供せられたのは、寒鰈《かんがれい》の唐揚げだった。

この時季の鰈は刺身に良し、煮物に良し、どんな料理でもいけるが、唐揚げもなかなかの美味だ。これに大根菜のお浸しを添えて出した小粋なひと品だった。

「うまいですね」

瓢屋のあるじが感に堪えたように言った。

「こういう料理を旅籠で出せればいいね」

亀太郎も乗り気で言う。

「おまさちゃんが料理人で入れば、いくらでも出せるよ」

隠居が温顔で言った。

「でも、うらやましいわ。わたしも料理人の娘だけど、味つけが大ざっぱで物にならなかったから」

おちよが言った。

「へえ。おかみさんが厨に立つこともあるんですか」

亀太郎が問う。

「どうしてもっていうときはね」

と、おちよ。

「包丁さばきの器用さでは、ちよのほうが上なんだ」

時吉が花を持たせる。

「大根で鶴をつくったりするのは得手なんだけど、味がつく料理だと頼りないもので」

おちよは笑みを浮かべた。

「大根で鶴ですか。わたしは一生かかっても無理ですよ」

亀太郎がそう言ったから、のどか屋に控えめな笑いがわいた。

そんな調子で話をしているうちに、表から話し声が響いてきた。

元締めの信兵衛がおしげをつれて帰ってきたのだ。

七

「それはありがたいお話です」

おしげが座敷で笑みを浮かべた。

鶴松と亀太郎、瓢屋の親子に、おまさも加わっている。元締めが道々、おおよその話を伝えてあったから、段取りはすらすらと進んだ。

「おまさちゃんも来てくれるね？　川崎大師の門前はにぎやかで、人の情けに篤《あつ》い町だから」

亀太郎が白い歯を浮かべた。

「旅籠の厨を受け持ってもらえるのなら、修業を通り越していきなり花板だね」

鶴松も言う。

「そこまでおまえにつとまるかい？」

おしげは案じ顔だった。

「せっかくいいお話をいただいたから、やるしかないと思う」

母に向かって、おまさはきっぱりと言った。

「その心意気だね」

一枚板の席から、隠居が言った。

「やる気さえあれば、きっとつとまるよ」

元締めも和す。

「腕も達者なので、あとは場数を踏んでいけば、お父さんの跡を継いだ立派な料理人になれると思います」

時吉もおしげに言った。

「のどか屋さんみたいな凝った料理を初めから出さなくてもいいからね。せがれも手伝いくらいはできるので」

と、鶴松。

「旅籠のお客さんのもてなしのほうはわたしがしっかりやるし、おしげさんも来てくださるのなら、うまく輪が回るでしょう」

旅籠の若あるじの顔で、亀太郎が言った。

「では、最後の働き場だと思って、精一杯つとめさせていただきます」

おしげが頭を下げた。

「どうかよしなに。瓢屋で待っている女房に何よりの土産ができました」

鶴松が笑顔で言った。

ここで肴が出た。

「お話に合わせたみたいですけど、海老と里芋のおめでたい紅白盛りでございます」

おちよが笑顔で運んでいった。

「おお、これはうまそうだ」

瓢屋のあるじの顔がほころぶ。

「さっそくいただきます」

亀太郎が箸を取った。

料理を食しながら、これからの段取りが話し合われた。

いま少しおまさがのどか屋で修業してから川崎へという手もあるが、修業なら瓢屋でもできる。善は急げで、おまさとおしげも一緒に帰ることになった。

ただし、おしげは巴屋に荷がある。すぐ明日にというわけにもいかないから、二人の支度が整うまで、瓢屋の二人はのどか屋に逗留することになった。

「千ちゃんにあいさつしたいので、長吉屋さんにも行ってみたいのですが」

話がひと区切りついたところでおまさが言った。

「ああ、それなら明日は午の日で、わたしが指南役に行くから」

時吉がすぐさま言った。

「では、師匠の最後の指南を受けにまいります」

おまさは笑顔で答えた。

第六章　苺汁《いちごじる》と偽《にせ》蒲焼き

一

「あれっ、今日はこっちで修業？」

千吉がびっくりした顔でたずねた。

無理もない。指南役の時吉と一緒に、おまさも入ってきたからだ。

「うん。こちらで修業するのは最後になるから」

おまさは答えた。

「最後って……料理人、やめちゃうの？」

千吉はあいまいな表情で問うた。

「やめるのなら修業についてこないだろう」

時吉が笑って言った。

「じゃあ、どうして最後に？」

千吉はなおも片づかない顔つきだった。

「川崎大師の門前の瓢屋さんで修業させていただくことになったの」

おまさは答えた。

「川崎大師の……」

千吉の表情が曇る。

「まずは瓢屋さんでしばらく修業して、跡取り息子の亀太郎があるじになる旅籠で料理人としてつとめることになっている。おっかさんのおしげさんも一緒だ」

時吉がいきさつを伝えた。

「千ちゃんにもお世話になったけれど、明日発つので、一緒に修業するのも今日だけね」

おまさが少し残念そうに言った。

千吉は見るからに落胆した様子だった。何か言おうとしたが、にわかには言葉が出てこない。

「よし、なら、始めるぞ」

ほかの弟子たちが待っている。時吉は手を一つ打ち合わせた。

「はいっ」

声がそろう。

長吉屋の厨で、時吉の料理指南が始まった。

二

「料理は胃の腑を満たし、身の養いになる。わたしが懇意にしている飯屋さんでは、そういった力の出る料理をもっぱら出して、体を使うつとめのお客さんたちに喜ばれている」

力屋を念頭に置いて、時吉は言った。

「しかし、料理の効能はそれだけじゃない。胃の腑ばかりではなく、心も満たすのが料理だ」

時吉の言葉に、おまさがうなずく。

「いま時分のような寒い時季にあったかいものを食べたら、思わずほっとする。そんな心がほっこりするような料理をお出ししなければならない」

おまさが川崎へ行くという話を聞いて動揺した千吉も、やっと落ち着いた様子だった。

「心の満たし方にもいろいろある。おめでたさにぱっと心に花が咲いたようになる料理もあれば、遊び心をくすぐられて笑みが浮かぶような料理もある。今日はそういった遊び心入りの料理を指南する」

時吉は前口上を終えた。

「まずは、苺汁だ。どういう料理だと思う？」

時吉は弟子たちにたずねた。

「苺の味噌汁かな？」

信吉が首をかしげた。

「そりゃまずそうだべ、信吉兄さん」

寅吉が言う。

「今日は遊び心をくすぐる料理の指南だ。それを思案に入れれば、おのずと察しがつくだろう」

時吉が風を送った。

「苺の見立て、でしょうか」

おまさが言った。

「そのとおり」

時吉は笑みを浮かべた。

「阿蘭陀《おらんだ》わたりの苺に見立てたものをこしらえる、目に鮮やかで心がなごむ料理だ」

指南役は種を明かした。

野苺は太古からあり、食用にもなってきたが、阿蘭陀から赤い苺が伝えられたのは江戸時代だ。ただし、もっぱら観賞用で、食用として広く栽培されるようになるのは明治になってからのことだった。一説によると、苺の赤い色が血を連想させると敬遠されていたらしい。

見立ての苺も、あまり毒々しい赤にはならぬように配慮されていた。色は海老でつける。皮をむいて背わたを取り、身をたたいてからすり身にしていく。つなぎは玉子の白身だ。塩少々を入れてよくこねておく。

「ここからが腕の見せどころだ」

時吉は言った。

「苺のかたちにうまくまとめて、湯に通す。たぎっていると身が散ってしまうから気をつけろ」

「はいっ」

弟子たちはすり身をまるめはじめた。

「千ちゃん、上手ね」

おまさが声をかける。

「おまさ姉ちゃんのもかわいい」

千吉の表情がやっといくらかやわらいだ。

「苺に見立てたすり身はいったん沈んで、火が通ってから浮いてくる。揚げ物と同じような按配だ。……よし、そろそろいいぞ」

湯がわいてきたのを見て、時吉が言った。

「手が空いている者は、小松菜《こまつな》を茹でてくれ。それを苺のへたに見立てる」

料理の全貌が見えてきた。

火が通った海老のすり身を椀に盛り、小松菜の葉を体裁よくへたに見立てて盛る。最後にすまし汁を張れば、遊び心にあふれた苺汁の出来上がりだ。

苺汁ができる頃合いに、あるじの長吉が様子を見に来た。

「おっ、いい按配にできてるじゃねえか。出来のいいやつは一枚板の席のお客さんにお出ししよう」

料理指南のある午の日の早めの時は大きな祝い事の客などは入れられないが、常連はのれんをくぐってくる。そこへ出すのにちょうどいい頃合いだった。

「なら、師匠が選んでくださいまし」

時吉が言った。

「おう」

古参の料理人はさっそく吟味を始めた。

「こりゃ苺には見えねえぜ。変な人参みてえだ」

そう言われて、つくった寅吉が髷に手をやった。

「こいつはちっちゃいがうまくできてる。これもいいだろう」

長吉は二つの椀を手に取った。

千吉とおまさは思わず顔を見合わせてほほ笑んだ。おのれの手でつくった苺汁が選ばれたからだ。

三

料理指南はさらに続いた。

今度は偽蒲焼きだ。一見すると、鰻《うなぎ》の蒲焼きにしか見えないが、食してみると違う。それもそのはず、慈姑《くわい》をすりおろしたものを粉でつないで身の代わりにする。蓮根《れんこん》やじゃがたら芋でもできるが、今日は正月のおせち料理に煮物が入る慈姑だ。

鰻の皮は海苔《のり》を切って使う。その上に、慈姑をおろして水気を切り、粉を加えたものを手早くのばして塗るのがまず難所だ。

「鰻に見えるように、思案しながらのばすんだ」

弟子たちの手の動きを見ながら、時吉が言った。

「これくらいかな？」

千吉が小首をかしげた。

「あんまり薄いと貧相だべ」

手を動かしながら信吉が言う。

「かと言って、ぼてっとしたら鰻に見えないぞ」

弟子たちの仕事ぶりを見ながら、時吉が言った。

塗り終えたら油で揚げる。浮いてきたところを裏返し、あまり揚げすぎずに取り出す。

「ここからは手際だ。手早く串を打って身のほうをあぶる」

指南役は手本を見せた。

「焼き色がついてきたらたれを塗り、二度か三度つけ焼きにする。鰻の蒲焼きに見えてきたら出来上がりだ」

たれは醤油と味醂が半々、これで香ばしい仕上がりになる。

「わあ、ほんとに鰻みたいだべ」

寅吉が目をまるくした。

「うめえもんだなあ」

信吉がうなる。

「感心していないで、おまえらもやれ」

時吉がうながした。

「はいっ」

弟子たちはさっそく揚げと焼きにかかった。

揚げ物と焼き物はいっぺんにできないため、二人一組になってこなすことになった。

たまたまの巡り合わせで、千吉とおまさが組になった。

「姉ちゃんのほうが鰻らしいね」

揚がったものに串を打ちながら、千吉が言った。

「千ちゃんのも上手よ」

おまさが続く。

「川崎大師の門前だから、精進物を召し上がるお客さんもいるだろう。しっかり覚えておきなさい」

時吉が言った。

「はい」

おまさはいい声で答えると、たれを塗る刷毛を器用に動かしだした。

ほどなく、すべての偽蒲焼きができあがった。

粉山椒を振り、まだあつあつのうちに食す。

「これはこれでうめえな」

「でも、鰻のほうがいいべ」

「鰻と思って食やいいんだ」

ひと仕事終えた料理人たちはにぎやかだ。

長吉も舌だめしに来た。

「だいぶ焦げてるな」

「へい、すまねえこって」

弟子の一人が首をすくめた。

「こりゃ鰻に見えねえ。修業のし直しだ」

ばっさばっさと斬り捨てていく。

「お、千吉が食ってるのはうまそうだな」

祖父の目尻にいくつもしわが寄った。

「おまさ姉ちゃんがつくった鰻で」

千吉は自慢げに言った。

「そうかい」

長吉は目を細めた。

「これだけつくれりゃ、川崎大師の門前でもやっていけるぜ」

古参の料理人が太鼓判を捺した。

「気張ってやります」

瞳にいい光を宿して、おまさは答えた。

四

その晩――。

留蔵の屋台の長床几に、仲良し三人組が座った。

「豆腐、煮えてるよ」

屋台のあるじがすすめる。

「なら、豆腐蕎麦で」

信吉が真っ先に言った。

「おいらも」

寅吉が続く。

「うーん、なら、わたしも」

最後に千吉が言った。

「はいよ。……ちょいと元気がねえな、千坊。風邪でも引いたか」

「ううん」

と、あいまいな返事をする。

「仲の良かった娘料理人が川崎へ行っちまうから、ちょっとしょげてるんだべ」

信吉が告げる。

「しょげてなんかいないよ」

千吉は虚勢を張った。

「泣きそうだったべ」

寅吉が余計なことを言った。

「ばか」

千吉はむっとして寅吉の髷をぐいと引っ張った。

今度は寅吉がべそをかきそうになる。

「こらこら、仲良くしな」

留蔵がすかさず声をかけ、小気味よく手を動かした。

ほどなく、豆腐蕎麦ができた。

のどか屋の豆腐飯の飯を蕎麦に替えたような料理だが、いまはもうすっかり屋台の名物になっている。まず上にのった豆腐を匙ですくって食し、しかるのちに蕎麦と一緒にわしわしと食べる。木枯らしが冷たい晩には何よりありがたいひと品だ。

「うめえ」

信吉が笑みを浮かべた。

「これを食ったら、湯ざめしねえからな」

留蔵が笑みを浮かべる。

三人が屋台に寄るのは決まって湯屋の帰りだ。

「元気出たかい、千坊」

留蔵が声をかけた。

「もう、坊じゃないから」

千吉は答えた。

「そりゃ悪かったな、千吉さん」

屋台のあるじはいくらかおどけて言った。

千吉は丼を見た。

月あかりがつゆを照らす。

そこにふと、おまさの面影が浮かんだ。

「そうそう、坊じゃねえのなら、残った豆腐に一味《いちみ》唐辛子をかけてみな。大人の味になるから」

留蔵がすすめた。

千吉は言われたとおりにした。

唐辛子がかかった豆腐と蕎麦を口に運ぶ。

「どうだ？」

信吉が問うた。

「大人の味がするかい？」

屋台のあるじも聞く。

味わいながら、千吉はわずかにうなずいた。

ほのかに辛《から》い、何とも言えない味がした。

それとともに、おまさの笑顔がまた浮かんできた。

千吉はあわてて立ち上がった。急に涙があふれてきたのだ。

「はばかり？」

寅吉が無邪気に問う。

千吉は答えず、いくらか離れたところまで早足で歩いた。

そして、月を仰いだ。

黄色いお月さまがうるんでいた。

五

「お待ちどおさま、豆腐飯膳でございます」

おまさの明るい声が響いた。

翌朝ののどか屋だ。

「おっ、朝から気持ちがいいな」

「やる気もわいてくるぜ」

「毎日この声を聞いてたら、普請なんかあっと言う間に終わっちまうぞ」

なじみの大工衆が口々に言った。

「でも、今日でおしまいなんです」

おまさは少しすまなそうに告げた。

「えっ、やめちまうのかい」

「そりゃ惜しいぜ」

と、大工衆。

「うちで修業してもらうことになったもので」

一緒に手伝っている亀太郎が言った。

「川崎大師門前の瓢屋でございます」

鶴松が如才なく見世の名を出した。

「ゆくゆくは料理を出す旅籠の花板になるという段取りで」

手を動かしながら、時吉が言った。

「へえ、そりゃ凄えや」

「川崎大師を建て替えに行くときは寄らしてもらうぜ」

「そりゃ寺大工のつとめだろうに」

「おめえの腕じゃ、仏様が斜めになっちまう」

大工衆はかまびすしい。

それやこれやで朝の豆腐膳が終わり、昼の秋刀魚膳もあらかた出て、短い中休みに入った。

それに合わせて、元締めの信兵衛とともにおしげがのどか屋へやってきた。世話になった巴屋へのあいさつを終え、これからみなで川崎に帰ることになる。

さらに、隠居の季川もふらりと姿を現した。

「俳諧師の端くれとしては、餞《はなむけ》の一句を詠《よ》まないとね」

季川はそう言うと、おちよが用意した筆を執り、うなるような達筆で発句《ほっく》をしたためた。

仏恩や瓢の中に春の水

「いまはまだ春が立っていないけどね。そのほうがおめでたいから」

隠居は笑みを浮かべると、女弟子のほうを見た。

「なら、付けておくれ、おちよさん」

「えー、またむずかしい発句を」

おちよは苦笑して思案に入った。

皿に盛られし料理無数や

「なるほど。『あまた』じゃなくて、むずかしく『無数』にしたところが知恵だね」

隠居の白い眉が下がった。

「脂汗をかきました」

おちよは額に手をやった。

「では、頂戴して飾らせていただきます。ありがたく存じます」

瓢屋のあるじが頭を下げた。

「わたしから、千ちゃんにお世話になったお礼の品を」

いよいよ出立する前に、おまさが言った。

「まあ、千吉に？」

と、おちよ。

「ええ。昨日帰りに選んだものなんですけど……」

おまさはふところから縹色《はなだいろ》の袱紗に包んだものを取り出した。

開くと、中から鑿《のみ》が現れた。

「料理の細工用だな？」

時吉が言った。

「ええ。これを使えば、あしらいの鶴や兎なども彫れるので」

おまさは笑みを浮かべた。

「次の指南で渡しておこう。きっと大事にするだろう」

時吉も白い歯を見せた。

いよいよのどか屋を去るときが来た。

「元気でね、小太郎くん」

おまさが猫の首筋をなでる。

いちばん年かさのちのもひょこひょこ歩いてきて、おまさの手をぺろりとなめた。

「では、長々とありがたく存じました」

鶴松が張りのある声で言った。

「またいずれ来させていただきます」

亀太郎も和す。

「どうかみなさん、お達者で」

おしげが晴れやかな表情で言った。

「お世話になりました」

おまさの明るい声が響く。

「そちらこそ、お達者で」

「また来てくださいまし」

のどか屋の二人が笑顔で送り出した。

第七章　姿造りと年越し蕎麦

一

「今年は凶作で大変だったねえ」

一枚板の席で、隠居がしみじみと言った。

「御救小屋で粥をもらってる人もたくさんいるのに、こうしてうまいものを食べられてるのはありがたいかぎりだね」

その隣で元締めが言う。

「何かと締め付けが厳しくなってきてるからなあ」

座敷に陣取った岩本町の名物男が嘆く。

「芝居見物とか、ささやかな楽しみだって贅沢だとお上から文句を言われるご時世っすからねえ」

野菜の棒手振りの富八が言う。

「ほんとですねえ。なにかと息が詰まる世の中で」

おちよが眉をひそめた。

「そのうち、湯屋は贅沢だからまかりならぬとか言われちまうかも」

寅次がそう言って、よく煮えた煮奴を胃の腑に落とした。

今日も外は木枯らしだ。こんな日は酒と煮奴にかぎる。

「葱なんて贅沢なものを売りやがってとかな」

富八は葱を匙ですくった。

だしで豆腐を煮る煮奴には、葱などを入れてもうまい。

「葱はともかく、こいつは文句を言われても仕方がないかもしれないね」

隠居が赤いものを箸でつまんだ。

金時人参《きんときにんじん》だ。

砂村《すなむら》の義助《ぎすけ》から仕入れているもので、もとは京野菜で味が濃くて甘みがある。煮物にすると、ことにうまい。

「しかも、今日は炊き合わせだから」

元締めが飛龍頭《ひりようず》をつまんだ。かみ味の違いも楽しめる、のどか屋自慢の炊き合わせだ。

「まあ、文句を言われたらそのときで」

隠居が所望した赤だしの豆腐汁をつくりながら、時吉が言った。

寒い時分の酔いざましにはうってつけの汁だ。

「あるじは剣の達人なんだから、だれもそんな文句はつけねえだろうよ」

湯屋のあるじが言う。

「黒四組の旦那衆もついてるんだからよ」

富八も和す。

「もし難癖をつけられたら、おまえ、ひっかいておやり」

おちよがしょうに言った。

「うにゃ」

貫禄が出てきた黒猫が、「心得た」と言わんばかりにないた。

二

年は押しつまり、長吉屋で時吉が料理指南を行うのも最後になった。正月休みが入るから、しばらく空く。

「おう、今日は急な祝い事が入ってな」

時吉の顔を見るなり、長吉が言った。

「さようですか。では、料理指南はどういたしましょう」

時吉が訊く。

「下り酒問屋に初孫ができた祝い事で、姿造りや舟盛りなどを好まれるお方だ。縁起物のむきものもつけてくれという望みだった」

長吉は答えた。

「お食《く》い初《ぞ》めでしょうか」

「いや、そうじゃねえんだ。ただ初孫ができた嬉しさに講の仲間を呼んで呑み食いするっていう、まあおれらにとっちゃありがてえ客だな」

古参の料理人の目尻にいくつもしわが寄った。

「さようですか。では、姿造りやむきものを手伝いながらの料理指南ということで」

時吉は心得て言った。

支度が整うまでのあいだに、時吉は千吉を呼んだ。

袱紗《ふくさ》に包んだものを渡す。

「これは？」

千吉がいぶかしげな顔つきになった。

「川崎へ行ったおまさからの品だ。世話になった御礼ということだ。開けてみな」

時吉は袱紗を手で示した。

信吉と寅吉も話を聞きつけて近づく。

「わあ、鑿」

中から現れたものを見て、千吉は目を輝かせた。

「あっ、いいな」

「細工物に使えそうだべ」

二人の仲間がのぞきこんで言う。

「使い勝手が良さそう」

千吉はそう言って目をしばたたいた。

贈り手の気持ちが伝わってきたのだ。

「ちょうど今日の料理指南は姿造りとむきものだ。さっそく使ってみな」

時吉が言った。

「はいっ」

千吉はいい声で答えた。

三

「鯛の身は同じ厚みにしないと駄目だぞ」

弟子の手元を見ながら、時吉が言った。

祝い事に出す鯛の姿造りの調理が始まっていた。いくたりもいるから、鯛組とあしらい組に分かれて手を動かしている。

「あしらいのむきものは活き活きとな」

時吉は千吉を見た。

わずかにうなずく。進んで手を挙げたのはいいが、細工包丁や鑿などで大根の鶴をこしらえるのはなかなかに難しい。細い首を姿美しく彫らねばならないし、最後に羽を差しこむ作業もある。答えを返すゆとりもないようだった。

大根はあしらいにばかり用いるのではない。半月のかたちに切った大根を置き、その上に鯛を据えると、尾頭がぴんと立ってみずみずしい姿になる。

ただし、立てすぎてはいけない。運んでいるときに肝心の鯛の身が剝がれ落ちたりしたら台無しだ。

「そろそろ身を盛っていいでしょうか」

弟子の一人がたずねた。

「その前に、大葉《おおば》を敷いておけ」

時吉は命じた。

「鯛のうしろにはもう敷いてありますが」

弟子がけげんそうな顔つきになった。

「いや、中にも敷くのが心遣いだ。お造りの身を箸で取ったら、下から青みが現れる。すると、目にも心にもさわやかだろう?」

「ああ、なるほど」

弟子は得心のいった顔つきになった。

仲良し三人組は思い思いにあしらいをつくっていた。

「できた」

真っ先に手を挙げたのは寅吉だった。

瓜をくり抜いて舟に見立てるだけだから、いちばんつくりやすい。ここには小柱《こばしら》の造りを盛る。手前に舟を置けば、鯛がなおさら引き立ってくる。

「亀もあと少しでできるべ」

小ぶりの鑿で人参を削りながら、信吉が言った。

紅い亀と白い鶴。紅白のむきものがあしらわれれば、鯛の姿造りがなおさら映える。

「千吉兄さんは？」

寅吉が問うた。

「んー、あとちょっと」

手元に集中しながら、千吉は答えた。

ここで古参のお運び女が入ってきた。

「お祝い事のお客さまが見えました」

時吉にそう伝える。

「はい、承知で。師匠は？」

「一枚板の席のお客さまのお相手を」

女が答えた。

さきほどちらりと様子を見にいったところ、見慣れない二人の隠居風の男が一枚板の席に陣取っていた。どちらも目に嫌な光を宿した男だ。

「では、急いで仕上げるので」

時吉は女に告げた。

それを聞いて、千吉がふっと息を吐いた。

いよいよ仕上げだ。

鶴に細い筆で目を入れ、先につくっておいた羽を慎重に差しこむ。

「おっ、できたな」

時吉が表情をゆるめた。

「鶴に見えるべ」

信吉が言う。

「凄えや、千吉兄さん」

寅吉が笑った。

「よし、仕上げはおれがやってやろう」

時吉はあしらいのむきものを一つずつていねいに据えていった。

ほどなく、思わずため息がもれるような鯛の姿造りができあがった。

「お運び、願います」

時吉が声を張り上げると、女が二人、すぐさま姿を現した。

「これはお客さまが喜ばれますね」

「ほんと、華やかな仕上がりで」

女たちはそう言うと、足元に気をつけながら大皿を運んでいった。

だが……。

せっかくの料理が、客のもとへ運ばれることはなかった。

実に意想外な成り行きになってしまったのだ。

四

「待て」

一枚板の客がそう言うなり、荒々しく湯呑みを置いた。

「その料理、まかりならぬ」

もう一人の客がぬっと立ち上がる。

いままでは商家の隠居のしゃべり方だったのだが、がらりと変わった。どうやら身をやつしていたらしい。

「な、なんと……」

厨に入っていた長吉の表情が変わった。

待ったをかけられたお運びの女が目を瞠る。

「われこそは、北町奉行所の臨時廻り同心、村崎源五郎《むらさきげんごろう》なり」

「同じく、滝之上大作《たきのうえだいさく》なり」

二人の客は名乗りを挙げた。

「町人に身をやつして市中を見廻り、無用な奢侈《しゃし》を戒め、取り締まるのがわが役目」

村崎同心が言った。

「諸色高騰《しょしきこうとう》の折から、不要不急の無駄な贅沢はまかりならぬ。なんじゃその料理は」

滝之上同心が鯛の姿造りを指さした。

「これは祝い事の顔となる料理でございます。なにとぞお見逃しを」

長吉は言った。

隣で弟子が動きを止め、包丁を置いた。

「ならぬ」

村崎同心が厳しい口調で告げた。

その声は、時吉の耳にも届いた。

急を察し、あわてて駆けつける。

そのうしろから料理指南を受けていた弟子たちが顔をのぞかせ、気遣わしげに見守っていた。

「鯛の造りはどうにか見逃してやるとしても、なんじゃその鶴や亀の飾りは。さような無駄なものをごてごてとのせた贅沢な料理は、倹約第一のお上《かみ》の策に反する。よって、まかりならぬ」

村崎同心のこめかみに青い筋が浮かんだ。

廻り方同心のつとめを滞りなく終えた古参の者のなかから、臨時廻り同心がいくたりか選ばれることがある。今年は凶作で、悪徳な米穀問屋がお縄になった。貧しい者を救うべく、御救小屋も建てられた。贅沢を戒める気が一段と濃く漂う江戸の町で、奢侈贅沢の取り締まりにひそかに動いていたのが二人の同心だった。

「お言葉を返すようですが」

長吉は意を決したように言った。

「料理というものは、ただ食って胃の腑を満たすばかりではありません。目で見て楽しむのも料理のうちです。ことに、祝い事の料理は……」

「それが贅沢だと申しておる」

今度は滝之上同心が言った。

「そもそも、まだ江戸に御救小屋があり、施しものをしておるようなときに、かような無駄な料理を出すとは不届き千万」

村崎同心はまた姿造りを鋭く指さした。

ここで時吉が歩み寄り、お運びの女から皿を受け取った。女の顔色は真っ青で、いまにも倒れそうだったからだ。

「長吉の弟子で、横山町の旅籠付き小料理屋のどか屋の時吉と申します」

師の危難を救うべく、時吉が口を開いた。

「畏《おそ》れながら、今年は凶作で難儀をしている人が多いと聞き、折にふれて夕方から甘諸粥の屋台を出したりしておりました。それに免じて、どうかお目こぼしを」

それを聞いて、固唾《かたず》を呑んで見守っていた千吉がこくりとうなずいた。

さりながら、時吉の訴えは冷たく退けられた。

「弟子は黙っておれ」

村崎同心がいらだたしげに言った。

「この見世の無駄な料理がいかんと申しておる」

滝之上同心が続く。

無駄な料理と言われて、長吉の顔つきがさっと変わった。

もともとあまり気の長いほうではない。かっと頭にくることもある。

「祝い事があれば、みなで祝うのが人情でございましょう？　その宴の料理を華やかにして、何がいけないのでございます？　おめでたい祝い事の料理まで取り締まろうとするとは、お上には人の情がないのでございますか？」

長吉はそう詰め寄った。

「ほほう」

村崎同心はあごに手をやった。

「お上に楯突《たてつ》く気だな。ならば、こちらにも考えがあるぞ」

臨時廻り同心はそう言うなり、見世の玄関へ向かった。

ほどなく、村崎同心はのしのしと大股で戻ってきた。

「な、何をなさいます」

長吉が目を瞠った。

同心が手につかんでいたのは、長吉屋ののれんだった。

「さような料簡の者に、この江戸であきないをさせるわけにはいかぬ」

勝ち誇ったように言う。

いけない、と時吉は思った。

これは長吉屋始まって以来の危難だ。

厨の弟子に姿造りの大皿を渡すと、時吉はとっさに思案を巡らせ、その場にひざをついた。

「どうかお見逃しを。師の長吉は、これまであまたの料理人を育て、江戸の町を豊かにしてまいりました。その功に免じて、このたびだけはお見逃しくださいまし」

時吉は土下座して必死に懇願した。

そのさまを見ていた千吉が、わっと飛び出してきた。

ほかの弟子も続く。

「お願いでございます」

「お見逃しくださいまし」

「師匠をお許しくださいまし」

みな土下座して、涙ながらに訴えた。

そのさまを見て、長吉の目からほおへ、水ならざるものが伝っていった。弟子の気持ちが痛いほどに伝わったのだ。

次の刹那《せつな》、長吉ははっとしたような顔つきになると、急いで厨を出て土下座をした。

「のれんのお取り上げだけは、お許しくださいまし」

必死の思いで、長吉は言った。

「おれの身はどうなってもいい。お望みなら、打ち首でもいいや。さりながら、長吉屋ののれんだけは、どうかご勘弁くださいまし」

弟子たちを守りたい一心で、長吉はそう訴えた。

「さて、いかがするかな」

のれんを握ったまま、村崎同心が仲間のほうを見た。

「むざむざと見逃すのもどうかのう」

滝之上同心が冷ややかに言う。

「畏れながら申し上げます」

時吉がまた口を開いた。

「手前どものご常連に、ご公儀の隠密仕事に携わる黒四組の組頭、安東満三郎様がいらっしゃいます。ご存じないとすれば、お奉行様にお訊きくださいまし。お奉行様なら、黒四組がお上のいかなる大事なお役目に就いているかご存じのはず」

それを聞いて、二人の臨時廻り同心は互いに顔を見合わせた。

「安東様をはじめとする黒四組の皆様は、ここ長吉屋ともなじみでございます。そののれんがお取り上げになったと知れば、おそらく黙ってはおりますまい」

時吉は懸命に知恵を巡らせながら訴えた。

「われらをおどすつもりか」

村崎同心が鼻白《はなじろ》んだ。

「でたらめを言うでないぞ」

滝之上同心が凄む。

「滅相もないことでございます。嘘いつわりはございません」

時吉はそう言ってまた平身低頭した。

しばらく沈黙があった。

弟子たちがすすり泣く声だけが響く。

「まあ、のれんだけはひとまず戻してやろう」

村崎同心が言った。

ほっ、と一つ長吉が息をつく。

「追って沙汰を待て」

同心は長吉屋ののれんをぞんざいに放り出した。

「逃れられぬからな。さよう心得よ」

滝之上同心が捨て台詞《ぜりふ》を発した。

二人の臨時廻り同心は、荒々しい足取りで立ち去っていった。

五

「おれから町方には言っておいたが、さてまるっきりお咎めがねえかどうかは分からねえな」

のどか屋の座敷で、あんみつ隠密が首をひねった。

「臨時廻りの同心に言い返したのはまずかったかもしれねえなあ」

万年同心も渋い顔で言う。

「ほんとにもう、おとっつぁんの性分で」

おちよの顔が曇った。

「仕方ないねえ。時は元に戻せないから」

一枚板の席に陣取った隠居が言う。

「どういうお沙汰が下りますかねえ」

　その隣で元締めが言う。

「百敲《たた》きくらいで済めばと師匠は言っておりましたが」

　寒鮃《かんびらめ》の造りを仕上げながら、時吉が言った。

　あの一件があったあとだから、あしらいはいたって控えめにしている。客のもとへ届かなかった大根の鶴は、千吉が泣きながらかじって食べたらしい。

「もし遠島になったりしたらと思うと、夜も眠れなくって」

　おちよが憂い顔で言った。

「それはねえと思うぜ、おかみ」

　あんみつ隠密がただちに言った。

「べつに大した咎事《とがごと》じゃねえんだからよ」

　万年同心もなだめる。

「そもそも、何の咎でもないことだからね。世知辛《せちがら》い世の中になったもんだ」

　隠居がそう言って、時吉が出した造りの皿を受け取った。

「まったくで」

　元締めが酒を呑み干した猪口を置く。

座敷にはおちよが運んでいった。万年同心は加減醤油だが、あんみつ隠密はもちろん味醂につけて食す。

「とにかくお沙汰が軽ければいいですね」

おけいが言った。

「そうねえ。これぱっかりは神頼みで」

おちよが両手を合わせた。

外ののどか地蔵ばかりでなく、ほうぼうで神仏にすがっている。昨日は神田の出世不動までお参りに行ってきた。のどか屋が三河町にあったころから、折にふれて足を運んできた思い出の場所だ。

「もし万が一、理不尽なお沙汰が下ったら、おれがまた根回しに動くからよ」

黒四組のかしらが言った。

「どうかよろしゅうお願い申し上げます」

おちよは深々と頭を下げた。

ややあって、長吉にそのお沙汰が下った。

時吉の必死の訴えが功を奏し、長吉屋ののれんの取り上げは免《まぬが》れた。しかし、百敲きでは済まなかった。

長吉に下ったお沙汰は、こうだった。

半年のあいだ、江戸十里四方所払い。もし禁を破った場合は、入牢のうえ、のれんを取り上げる。

町方からは、きつくそう申し渡された。

六

いよいよ天保七年も押し詰まった寒い日、のどか屋ののれんを長吉がくぐってきた。

「まあ、おとっつぁん」

おちよが声をあげた。

心配だから長吉屋へ顔を見に行ったことはあるが、のどか屋へ長吉が来るのは久しぶりだ。

「おう」

やや力ないしぐさで、長吉は右手を挙げた。

「いつ発つんだい？」

一枚板の席から隠居がたずねた。

隣に座っているのは、今日は元締めではなく力屋の信五郎だった。

「大晦日《おおみそか》に発ちまさ」

長吉はそう言うと、軽く手刀を切って隠居の隣に腰を下ろした。

「このたびはえれえ難儀で」

座敷から声をかけたのは、火消しのよ組のかしらの竹一だった。

長吉の身にふりかかった難儀は、のどか屋の常連なら知らぬ者がない。

「半年なんて、あっと言う間でさ」

纏持ちの梅次が言う。

長吉はまた力なく手を挙げて応えた。

酒が出た。

隠居が注いだ酒を、長吉は苦そうに呑み干した。

「玉子雑炊《ぞうすい》がそろそろ頃合いなんですが」

時吉が声をかけた。

「ああ、くれ。それから……」

長吉は座り直して続けた。

「折り入って話がある。ちよも聞いてくれ」

小太郎としょうに猫じゃらしを振ってやっていたおちよが手を止めた。

「あんたたちで遊んでてね。ごめんね」

物足りなさそうな雄猫たちに声をかけると、おちよは一枚板の席のほうへ歩み寄った。

「このたびはおれの不徳のいたすところで、半年のあいだ江戸十里四方所払いになっちまった。死んだかかあが西方の札所参りをしたいと言ってたから、この機に回ってこようと思う」

長吉の言葉に、おちよがしんみりとうなずいた。

「西方って、四国に渡ったりするのかい？」

隠居が問う。

「いや、そこまで行ったら半年で帰れねえかもしれねえんで、お伊勢さんに参ってから西国三十三の札所参りのほうをしてこようかと」

長吉は答えた。

紀州の青岸渡寺《せいがんとじ》を皮切りに諸国の札所を巡り、美濃の谷汲山華厳寺《たにぐみさんけごんじ》で結願《けちがん》する日の本で最も古い札所巡りだ。

「途中に湯治場《とうじば》もいろいろあるだろうから、のんびり体を休めてきてよ。いままで気張ってきたんだから」

　おちよが優しい声をかけた。

「ありがとよ」

　父の目尻にしわが浮かぶ。

「で、おれはいいとして、気がかりなのは長吉屋だ」

　いったん言葉を切り、また酒を呑み干してから、長吉は続けた。

「気を持たせても仕方がねえからいきなり言うが、時吉、おめえ、おれが留守のあいだ、長吉屋のあるじをやってくれねえか。おめえは料理指南で弟子の信望も厚い。おめえに任せたら安心だ」

　長吉は一気に言った。

　その頼みは、時吉の読み筋に入っていた。

　だが、答える前に、おちよが口を開いた。

「ここはどうするの、おとっつぁん。のどか屋は？」

　口早に問う。

「それはわたしも気がかりで」

　時吉も言った。

「千吉にやらせようと思う」

長吉はそう答えた。

「えっ、千吉に？」

おちよが目をむく。

「そうだ。年が明けりゃ、あいつももう数えで十四だ。武家なら元服《げんぷく》の歳だからな」

長吉は言った。

「だって、満だったらまだ十二よ。そんな料理屋のあるじはいないわよ」

おちよは勢いこんで言った。

「まあ、終《しま》いまで聞け」

長吉は手を挙げて制した。

「さすがに、あいつだけじゃ心もとねえ。そこで、仲のいい兄弟子の信吉をつけてやることにした。ちよも入れたら料理人が三人だ。それでなんとかなるだろう」

長吉は見通しを示した。

「どうするの？　おまえさん」

おちよは時吉を見た。

「長吉屋には料理人もいれば、常連のお客さんもいる。のれんはだれかが守らなければならない」

　時吉は言った。

「料理ができて、弟子に指南もできて、いざと言うときには頼りになる。そんなやつはおめえしかいねえ」

　長吉の声に力がこもった。

「お上に目をつけられちまってからは、おれの料理にゃすっかり勢いがなくなっちまった。もともと歳で無理が利かなくなってきたから、体が動くうちに西国の札所巡りへ行こうかと思ってたんだ」

「前からそんなこと言ってたわねえ、おとっつぁん」

　おちよが言った。

「なら、長吉屋へ移るかい、時さん」

　隠居が温顔で問うた。

「そうしましょう。ここを千吉に任せるのは気がかりですが」

　時吉は答えた。

「まあ、おかみはわたしなんだし」

　半ばわが身に言い聞かせるように、おちよは言った。

「長吉屋だって、たまに任せられるやつはいる。いまの千吉がここへ帰《けえ》ってるみてえに、ちょくちょくのぞきに来てやんな」

長吉が言った。

「わたしも足をもっと運んで、厨の仕事ぶりを見るようにしますよ」

力屋のあるじが言った。

「それは助かります。どうかよしなに」

時吉は頭を下げた。

「わたしは両方の常連だからね。来るなと言われるまで顔を出すよ」

隠居がそう言って笑みを浮かべた。

「のどか屋も、いよいよ二代目か」

よ組のかしらが感慨深げに言った。

「まっすぐ歩けるようになって喜んでたのがつい昨日のことみたいだぜ」

纏持ちも言う。

千吉は生まれつき左足が曲がっていて、ずいぶんと案じたものだが、千住《せんじゅ》の名倉《なぐら》の骨接《ほねつ》ぎの知恵も功を奏して、すっかり普通に歩けるようになった。いまでは力の要る仕事もこなせる。

「なら、おれが江戸を発つ大晦日に、千吉と信吉を連れてくることにしよう」

長吉が段取りを進めた。

「承知しました」

時吉が引き締まった顔つきで答えた。

「それなら、年越し蕎麦をここで食べてから出ればいいよ」

隠居が言った。

「ああ、江戸の蕎麦もしばらく食い納めになるからな」

と、長吉。

「では、腕によりをかけて打ちましょう」

時吉は二の腕をたたいた。

七

その日が来た。

千吉と信吉を伴って、長吉が姿を現した。

「おう」

古参の料理人はおちよに向かって右手を挙げた。

脚にはもう脚絆《きゃはん》を巻いている。頭陀袋《ずだぶくろ》に白杖に編み笠、これから西国へ札所巡りの旅に出るいでたちだ。

「いらっしゃい」

おちよが一枚板の席を手つきで示した。すでに隠居と元締め、それに千吉の師の春田東明が陣取っている。

座敷で待っていたのは黒四組の面々だった。安東満三郎、万年平之助、井達天之助、それに、用心棒役になった室口源左衛門も加わっている。

「今日は長居はできねえし、酒も呑めねえぜ。とりあえず品川まで行くんだからよ」

長吉はおちよに向かって言った。

年が明ければ、あと半年、江戸にはいられない。十里四方所払いとはいえ、脚絆を巻いていれば旅の途中だ。そこまでお咎めは受けない。

「わたしは？」

千吉がおのれの胸を指さした。

どこへ座ればいいのかという問いだ。

「おう、こっちへ来なよ」

仲のいい万年同心が手招きをした。

「おいら、厨の道具の使い勝手をたしかめてえから」

荷を背負った信吉が言った。その中に包丁などの道具が入っているらしい。

長吉は黒四組の面々にあいさつしてから一枚板の席に座り、千吉は座敷へ、信吉は厨に向かった。

「では、さっそく年越し蕎麦にいたしましょうか」

時吉が訊いた。

「みなそうするのかい？」

長吉が問い返す。

「わたしはもう少しいただいてからだね」

隠居が猪口を軽くかざした。

「こっちは鍋があるからよ」

あんみつ隠密が言った。

煮奴に水菜や葱や練り物を入れた鍋だ。寒い時分にはこれがいちばんあたたまる。

「わたしは食べるよ」

千吉が手を挙げた。

「では、わたくしもいただきましょう」

師の春田東明も続く。

「それなら、わしも。人が頼むと、急に食いたくなるものでな」

源左衛門がそう言ったから、座敷に笑いがわいた。

「わたしもお願いします」

韋駄天侍も手を挙げる。

「なら、おれももらうぜ」

長吉が言った。

「承知しました」

時吉は一つうなずくと、厨に入ってきた信吉のほうを向いた。

「さっそくだが、手伝うかい」

「へい」

信吉はいい声で答えた。

「だったら、わたしも」

いったん座敷に座った千吉が腰を上げた。

「のどか屋の若あるじだからな」

長吉はそう言って、おちよが出した茶を啜った。

「先生、これからもよしなに」

厨に入るなり、千吉は春田東明に言った。

「あまり気負わずにやりなさい。寺子屋の仲間も来てくれるだろうから」

学識に富む手習いの師匠は温顔で言った。

「はい。楽しみにしてます」

千吉は笑顔で答えた。

年越し蕎麦ができるまでのあいだ、長吉は座敷へあらためてあいさつに行った。

「このたびは世話をかけまして」

長吉屋のあるじが深々と一礼する。

「なんの。力及ばず、無罪放免にできなくて相済まねえ」

安東満三郎が言った。

「長吉屋ののれんにもう指は触れさせねえからよ」

万年同心が和す。

「四の五の言ってきたら、わしが追い払ってやるから」

室口源左衛門が刀を抜くしぐさをした。

「どうかよしなに」

長吉はまた髷が白くなった頭を下げた。

「はい、お待ち」

千吉がまず春田東明に年越し蕎麦を出した。

「これは香りも彩りもいいですね」

儒学者が笑みを浮かべて受け取る。

かけ蕎麦には紅白のねじり蒲鉾《かまぼこ》、ゆでた青菜と葱、椎茸ととろろ昆布にへぎ柚子まで入っていた。

長吉には時吉が手ずから渡した。

「無事のお戻りを願っての、年越し蕎麦でございます」

心をこめて、時吉は丼を差し出した。

「……ありがとよ」

長吉が受け取る。

座敷にはおちよが運んでいった。

黒四組の用心棒と韋駄天がさっそく箸を取る。

「こしがあっておいしいです」

井達天之助が満足げな表情になる。

「つゆも、こくがあってうまい」

室口源左衛門の目尻にしわが寄った。

「江戸の蕎麦も、これで食い納めかもしれねえな」

つゆを啜って、長吉がしみじみと言った。

「半年のあいだだけね」

おちよがクギを刺すように言う。

「少し長い旅に出るだけだから、べつに餞《はなむけ》の発句などは贈らないよ」

季川が言った。

「分かってまさ。長吉屋とのどか屋、二つの見世の行く末がまだ気がかりだから、きっと帰ってくるんで」

長吉の言葉に力がこもった。

「おとっつぁんの無事を祈って、お百度を踏むから」

おちよがだしぬけに言う。

「んなことしなくていいぜ」

長吉がすぐさま言った。

「なに、お参りするのは、そこののどか地蔵だから」

おちよが見世の外を指さしたから、やや湿っぽかった大晦日ののどか屋にやっと和気が満ちた。

第八章　豆腐焼き飯と春待ち粥《がゆ》

一

明けて天保八年（一八三七年）になった。

年始の長吉屋は休みだが、のどか屋は違う。初詣がてら江戸へ来る者がいるから、旅籠にとっては書き入れ時だ。

「お帰りなさいまし」

千吉が帰ってきた泊まり客に声をかけた。

時吉はまだこちらにいるが、若あるじとしてずいぶんやる気を出している。

「おっ、いい声だね」

「また来たくなるよ」

二人の客が笑顔で答えた。

武州《ぶしゆう》の加須《かぞ》から江戸見物に来た二人組だ。今日は深川の富岡八幡宮《とみおかはちまんぐう》へお参りに行ったらしい。

「八幡さまはいかがでしたか?」

おちよが問うた。

「正月早々からいいお宮に参らせてもらったよ」

「わざわざ江戸へ出てきて良かった」

二人はそう言って座敷に腰を下ろした。

「御酒でよろしゅうございますか?」

千吉が厨からたずねた。

「おう、熱燗《あつかん》で」

「へい」

すぐさま動いたのは信吉だった。

長屋もいくつか持っている元締めの信兵衛が住むところを手配し、のどか屋へ通うようになっている。初めはいくらか顔つきが硬かったが、いまはすっかりほぐれていた。

時吉は年始廻りに出ていた。

古くからの付き合いの竜閑町《りゅうかんちょう》の醬油酢問屋の安房屋《あわや》などを廻り、「これからひとまず半年のあいだ、千吉が若あるじをつとめますのでよしなに」とあいさつしておく。長吉のお咎めの件を知らない仕入れ先もいるから、いきさつを伝えがてらほうぼうで頭を下げておく。これも親心だ。

「肴はおせちでよろしゅうございますか？」

千吉がさらに問う。

あらかじめ多めにおせち料理をつくっておき、泊まり客の酒の肴にする。そうすれば、心安んじてあとを千吉たちに託し、年始廻りに出られる。それが時吉の胸算用だった。

「できれば、つくりたてがいいな」

「そうそう、あったかいほうがいいや」

「腕前を見せてくれよ」

二人の客はそう言った。

「承知しました。おなかにたまるもので？」

千吉が訊く。

「そうだな。ちょいと腹が減ってる」

「胃の腑を満たせてうまいものなら、それに越したことがないな」

客は答えた。

「なら、あれをつくるべや」

信吉が小声で言った。

「あれね」

千吉がにやりと笑う。

「ちゃんとつくれるわね？」

おちよが心配そうにたずねた。

「大丈夫だよ。もとはまかない飯だけど」

千吉がそう答え、さっそく手を動かしだした。

ややあってできあがったのは、豆腐焼き飯だった。

平たい鍋に胡麻油を引き、水気を切った豆腐を崩しながら炒め、塩胡椒で味つけする。いったん取り出したあと、再び胡麻油を引き、飯を炒める。一緒にまぜる具はみじん切りの葱や蒲鉾や沢庵《たくあん》などだ。もとはまかない飯だから、厨で余っているものを使う。

火が通ったところで豆腐を鍋に戻してわっとまぜる。仕上げは醤油だ。毎日注ぎ足しながら使っている命のたれも隠し味に加える。香ばしい匂いが漂ってきて、仕上げに胡麻を振ったら出来上がりだ。

「お待たせいたしました」

「豆腐焼き飯でございます」

おちよとおけいが座敷に運ぶ。

「おお、いい香りだな」

「こりゃうまそうだ」

二人の客はさっそく匙を手に取った。

評判は上々だった。匙を動かす手が止まらない。

「朝も豆腐飯でどうかと思ったんだが、これもうまい」

「こっちはかりっとしてるから、食べ味が違っていいな」

「昼に出してもいいと思うよ」

「おう、そりゃいいな」

客は口々に言った。

「ありがたく存じます」

千吉が若あるじの顔で答えた。

二

「なら、しっかりやれ」

時吉が言った。

「はい」

千吉がいい声で答えた。

明日から長吉屋がまたのれんを出す。昼の膳が終わったところで、時吉は荷とともに浅草へ向かうことになった。

「では、次の午の日に」

おちよが笑みを浮かべた。

「ああ、いままでとは逆だな」

時吉が白い歯を見せた。

これまでは午の日に長吉屋へ指南に行っていたのだが、これから半年のあいだは、午の日にだけのどか屋へ戻ってくる。

「お気をつけて」

おそめが時吉に言った。

「ああ、頼むよ」

時吉は手伝いの女に答えると、足元にすり寄ってきた猫をひょいと抱き上げた。

「頼むぞ、ちの。おまえがいちばんの古参だからな」

そう言ってひとしきり抱っこしてから土間に放す。

「仲良くしてるわね、みんなで」

おちよが猫に言った。

ここで元締めの信兵衛が姿を現した。

「おお、いまからかい」

時吉の身支度を見て言う。

「ええ。留守中、どうかよしなにお願いいたします」

時吉はていねいに言った。

「ああ、なるたけ来るようにするよ。向こうじゃ、お客さんに出すものを変えたりするのかい」

先般のお咎めの件も踏まえて、信兵衛は問うた。

「あしらいなどはぐっと控えるつもりです。それから、ちよとも相談していたんですが……」

時吉はおちよのほうをちらりと見てから続けた。

「長吉屋でも夕方からお粥の炊き出しの屋台を出そうかと思っています。若い料理人の学びにもなりますので」

「ああ、それはいいね。こう言っちゃ何だが、炊き出しをやっているなら、お上も文句を言えないだろう」

と、元締め。

「実は、わたしの思いつきで」

おちよがこめかみを指さした。

「はは、さすがだね」

信兵衛は愉快そうに笑った。

出立の時が来た。

千吉と信吉も見送りに出る。

「寅吉、よしなに頼みます」

千吉は弟弟子のことを気にかけていた。

「一人残ったから、寂しがってるかもしれねえんで」

信吉も言う。

「分かった。おまえらも仲良くやれ」

時吉は言った。

「はい」

「承知で」

のどか屋の厨を預かる二人の若い料理人の声がそろった。

「なら、気をつけて」

おちよはそう言うと、切り火で時吉を送った。

三

「おう、かりっと揚がってるぜ」

座敷から岩本町の名物男が言った。

いま食した肴は、鱚《きす》の骨せんべいだ。鱚の中骨をからりと揚げ、塩を振っただけの簡明な料理だが、これがまあ笑い出したくなるほどうまい。

「ありがたく存じます」

千吉が厨から頭を下げた。

時吉が長吉屋へ向かったあとの二幕目だ。一枚板の席には隠居と元締め、座敷には岩本町の御神酒徳利が陣取っている。

「もうちっと凝ったものもつくりますんで」

信吉が言った。

千吉としゃべるときは訛《なま》りも出るが、客には普通にしゃべる。応対ぶりもなかなか堂に入ったものだった。

野菜の棒手振りの富八が声をかけた。

「野菜も頼むぜ」

「はい、承知で」

千吉が打てば響くように答えた。

ここで、おけいとおそめが客をつれて戻ってきた。

一組は前からなじみの越中富山《えっちゅうとやま》の薬売り、もう一組は行徳《ぎょうとく》から江戸見物に来た夫婦《めおと》だ。

「おや、あるじは？」

のどか屋を江戸の定宿にしている薬売りがいぶかしげに問うた。

「わけあって、今日から父の長吉屋の厨を預かってるんですよ」

おちよがそう答えた。

詳しく伝えようとすると長くなってしまうから、「わけあって」で略す。

「へえ、そうかい」

「んで、跡取りさんが厨をやってるっちゃ」

薬売りが千吉のほうを指さした。

「おめえさんは新入りかい？」

もう一人が信吉に問う。

「へい。長吉屋で兄弟子だった信吉で。助っ人にまいりました」

信吉が手を動かしながら答えた。

「なかなかの手際だよ」

隠居が笑みを浮かべる。

「豆腐飯も変わらずお出ししますので」

おちよが言った。

「江戸へ来たら、あれを食わなきゃ」

「江戸って感じがしないっちゃ」

薬売りたちが言う。

「その朝の膳の話を聞いて、ここに決めたんで」

行徳から来た客が言った。

「ありがたく存じます。では、お部屋へ」

おちよが身ぶりをまじえた。

「ご案内いたします」

「お気に入りのお部屋をお選びくださいまし」

おそめとおけいが愛想よく言った。

客の案内が終わったところで、次の肴ができた。

「凝ったものが仕上がったね」

隠居の白い眉がやんわりと下がる。

「はい。寒鮃《かんびらめ》の二色焼きでございます」

千吉はそう言って、皿をちゃんと下から出した。

まずおろした鮃を切りそろえて平串を打ち、薄く塩を振ってこんがりと両面を焼く。

ここからが二色焼きの真骨頂だ。

半分の身には溶いた黄身を刷毛で塗ってあぶる。残りの半分は白身だ。黄身はそれだけで味がつくし見た目も映えるが、白身は物足りない。そこで、青海苔をまぶしてやる。そうすれば、二色が鮮やかで風味も豊かな焼き物になる。

「これは、修業の甲斐が出てるね」

食すなり、元締めが満足げに言った。

「うん、焼き加減もちょうどいいよ」

隠居も太鼓判を捺す。

「ああ、良かった」

「長吉屋で教わった肴なんで」

千吉と信吉はそう言うと、顔を見合わせて笑った。

座敷には、二色焼きのほかに野菜の炊き合わせが出た。

江戸では貴重な金時人参、大根に里芋。それに油揚げを合わせたほっこりした煮物だ。

「ああ、人参がうめえな」

富八が感に堪えたように言った。

「この味が出せるなら、若あるじで安泰だぜ、おかみ」

寅次がおちよに言う。

「だといいんですけど、昼などは合戦場みたいになりますから」

おちよは手綱を引き締めて答えた。

四

長吉屋に入った時吉は、まかないの前に皆を集めた。

「これから半年のあいだ、よしなに頼む。思わぬ向かい風が吹いて、師匠が江戸十里四方所払いになってしまったが、こういうときこそ力を合わせて、初心に返って心のこもったおいしい料理をお出ししよう」

「はい」

「承知で」

料理人たちが答える。

そのなかには、ひときわ背丈の低い寅吉もまじっていた。仲良しの二人と別れることになったが、どうやら元気にやっているようだ。

「それから、さっそくだが、今日の夕方から交替で炊き出しの屋台を出そうと思う。

甘藷に加えて、金時人参も仕入れてある。それを粥にしてお出しすれば、難儀をしている方々に喜ばれると思う」

時吉はさらに言った。

「ほどこしの屋台ですかい？」

脇板の捨吉《すてきち》がたずねた。

長く脇板をつとめてきた大吉《だいきち》がのれん分けの運びになったので、煮方から格上げになった男だ。武州の在所から出てきたとあって、故郷へ帰っても見世を出す当てはない。長吉屋に骨を埋めるしかないのだが、料理の腕は達者ながら口が重く、客あしらいには不安があった。そのあたりは、一緒に板場に立つ時吉が補っていかねばならない。

「そうだ。今年は米が不作で、いまだに難儀をしている人が多い。それに、長吉屋は炊き出しをやっているとなれば、町方の見る目も変わってくるだろう」

時吉は答えた。

「なるほど。目くらましのためですかい」

やや険《けん》のある口調で、捨吉は言った。

「それもあるが、料理は気を入れてつくるぞ。みんな、いいな」

時吉は日ごろから指南している若い料理人たちのほうを見た。

「へい」

「承知で」

いい声が返ってきた。

「なら、そっちの支度もしねえとな」

椀方頭《わんかたがしら》の梅吉《うめきち》が言った。

「気を入れていこうぜ」

こちらは煮方頭の仁吉《にきち》だ。

どちらも時吉よりだいぶ年下だ。よそから来た時吉が長吉の代わりをつとめているのが何がなしに面白くないらしい脇板の捨吉とは違って、どちらも時吉を盛り立てようとしているのがはっきりと分かった。

椀方と煮方の下には、揚げ場と焼き方がいる。さらにその下には、追い回しと呼ばれる入りたての若い者がいた。信吉は焼き方だが、千吉と寅吉はまだ追い回しで、さまざまな雑用をやらされている。

「よし、なら、手分けしてやろう」

時吉は両手を打ち合わせた。

「へい」

若い料理人たちの声がそろった。

五

「今日はこちらですか、ご隠居さん」

時吉が季川に声をかけた。

「迷ったんだが、長吉屋のほうが近いからね」

隠居が笑みを浮かべた。

長吉屋の一枚板の席には、ほかにも商家の隠居などの常連が陣取っている。あるじが思わぬ成り行きで江戸を離れることになっても、常連は前と変わりなく足を運んでくれていた。

「のどか屋にも行ってやってくださいまし」

「ああ、もちろんだよ」

隠居の白い眉がやんわりと下がった。

ほどなく、肴が出た。

「今日は地味な吹き寄せで」

捨吉がそう言って、常連に小鉢を出した。

海老と百合根《ゆりね》と焼き栗の吹き寄せだ。

「前は百合根が牡丹《ぼたん》のかたちだったね」

常連がのぞきこんで言う。

「そういった無駄な細工は、お上が目を光らせていますので」

時吉が言った。

「無粋なことだが、そのうちまた風向きが変わるだろうよ」

隠居がそう言って、肴に箸を伸ばした。

「しかし、あしらいの青みはあったほうが映えるがねえ」

常連の一人が言う。

「おれはそう言ったんですが。前は三つ葉の軸を散らしてたんで」

捨吉がそう言ってちらりと時吉を見た。

「いつまた町方の忍びが入るともかぎらないからな。ここは念には念を入れておいたほうがいい」

時吉はクギを刺すように言った。

「のれんがいちばん大事ですからね」

煮方の礼吉《れいきち》が笑みを浮かべた。

長吉の代わりに花板になった時吉、脇板の捨吉に加えて、長い一枚板の席の前にはもう一人交替で若い料理人が立つ。これも修業の一環だ。

奥の厨では会席料理をつくっている。そちらは出す順が決まっているから、時吉がいちいち見る必要はない。今日は椀方頭《がしら》の梅吉がにらみを利かせている。梅吉はあまり客あしらいが得手ではない脇板の捨吉と役を替え、一枚板の席のおまかせ料理を担うこともしばしばあった。

ややあって、その梅吉が姿を現した。

「炊き出しの粥ですが、金時人参はがあっと入れちまってよろしいでしょうか」

時吉に訊く。

「いや、初めからたくさん入れてしまうと、次からも入れなければ物足りなく感じられてしまうかもしれないな」

時吉は慎重に答えた。

「ほどほどがいいんじゃないかねえ」

「甘藷も入るのなら、人参は脇でいいだろう」

「それだけでもうまいんだから」

長吉屋の常連が口々に言った。

時吉はふと思いついた。

ほどほどに金時人参を入れるのなら、その手がある。

「では、金時人参で花びらの見立てをやろう。それなら、たくさん入れなくても済むし、見た目もあたたかい」

時吉は言った。

「そういうあしらいの見立てはいいんですかい？」

捨吉がすかさず問うた。

「祝いごとの料理じゃなく、炊き出しの粥なんだから、お上も文句をつけないだろう」

時吉は答えた。

「それはいい思いつきだね」

隠居が風を送った。

「早く春になるようにという願いをこめてつくってくれ」

時吉は梅吉に言った。

「季《とき》も人も、春が巡ってくるようにっていうわけですね」

梅吉は白い歯を見せた。

「そうだ。うまいことを言うな」

時吉も顔をほころばせた。

「それなら、春待ち粥だね」

季川が命名した。

「ああ、いいね」

「身も心もあたたまりそうだ」

常連が賛意を示した。

「なら、気を入れてつくらせまさ」

梅吉が二の腕をたたいた。

「おう、頼む」

時吉は気の入った声を発した。

六

「お粥いかがですかー」

「ほっこりと煮えてますよ」

浅草の観音さまからいくらか離れた御救小屋の近くに、長吉屋の屋台が出た。

明るい声を響かせたのは、若い双子の仲居だった。

姉がおみかで妹がおちか。武州の草加《そうか》から働きに出てきている。料理人と同じく、お運び役の仲居もほうぼうから人が働きに来るのは、さすがに名店の長吉屋だ。

「甘藷に金時人参の花びらを散らしました。これを食せば、人生にも春が来ますよ」

梅吉が笑顔で言う。

その働きぶりを、鍋の火加減を見ながら時吉は見守っていた。

「いくらだい？」

みすぼらしいなりをした男が訊いた。

「ただで結構でございますよ。炊き出しですので」

時吉が言った。

「さようで。ただでふるまいをさせていただいております」

梅吉の声が大きくなった。

「ただし、お一人一杯でお願いいたします」

「おいしいですよ、春待ち粥」

双子のいい声が響いた。

うわさを聞きつけた者が次々に現れ、たちまち列ができた。

「数にかぎりがございます。本当にお困りの方にお譲りいただければ幸いです」

列に身なりのいい者も並んでいたから、時吉はやんわりとたしなめるように言った。

いくたりかが苦笑いを浮かべて列を離れると、あとには困窮した者だけが残った。

「ああ、うめえ」

粥を啜った一人が感に堪えたように言った。

「ほんとだ。甘藷も人参も甘え」

「世の中に、こんなうめえものがあったとはよう」

なかには感極まって泣き出す者もいた。

「元気を出してくださいましな」

粥をよそいながら、梅吉が言った。

「春はもうそこまで来ていますので」

時吉も和す。

「そうだな。冬もそろそろ終わりだ」

「これを食ったら、難儀続きのおいらにも……」

「おう、きっと春が来るぜ」

「気張っていこう」

春待ち粥を啜りながら、難儀をしている者たちは口々に言った。

第九章　炊き込みご飯と粕汁《かすじる》

一

「はい、いま少しお待ちくださいまし」

おちよが声を張り上げた。

時吉がいないのどか屋の昼膳だ。

「おう、早くしてくんな」

「こちとら、気が短えんだ」

「秋刀魚なんて、さっと焼けねえのかよ」

不満げに言ったのは、初めてのれんをくぐってきた客だ。そろいの半纏に身を包んだ植木の職人衆とおぼしい。

「いまやってますんで」

千吉が団扇《うちわ》で火を煽ぎながら言った。

のどか屋の若あるじの顔には焦りの色が浮かんでいた。文句を言われて焦れば焦るほど段取りが悪くなってしまう。

「はい、上がったべ」

信吉が言った。

「二膳、運びます」

おけいが両手に膳を持った。

手伝いのおそめは、あいにくなことに風邪を引いて寝込んでしまっている。助っ人のおこうを頼もうとしたのだが、大松屋や巴屋などのほかの旅籠も忙しく、どうも手が回らないようだった。

「あっ、危ない」

おけいが声をあげた。

「これ、駄目でしょ」

おちよが小太郎を叱る。

足もとへ急に猫が飛び出したので、おけいは危うく膳をひっくり返すところだった。

どうにかこらえたが、汁がこぼれた。

「片方、運ぶから」

おちよが手を伸ばす。

「お願いします」

おけいは膳を渡し、汁がこぼれたほうの膳を戻した。

「入れ直します」

千吉が椀をつかんだ。

よろずにそんな調子で、いろいろなしくじりがあり、ばたばた動くわりにはなかなか膳がはけなかった。

「おーい、まだかよ」

「日が暮れちまうぜ」

「おれら、つとめが待ってるんだからよう」

植木の職人衆が不満げに言う。

「まあ、文句言わずに待ってやれよ」

「うるせえと飯がまずくならあ」

すでに膳が来ているなじみの大工衆が土間から声をかけた。

「なんだと?」

「おめえらはろくな普請をしてねえんだろう?」

気の短い職人衆が言い返す。

「因縁つける気かよ」

「売られた喧嘩は買ってやるぜ」

大工の一人が腕をまくった。

「まあまあ、お収めくださいまし」

おちよがあわてて言った。

ただでさえ合戦場のような忙しさなのに、喧嘩まで始まったのではなおさら膳の支度が進まない。

「いま、できましたので」

千吉が声を張り上げた。

「ただいま、お持ちいたします」

おけいも負けじと言う。

「おう、やめとこうぜ」

大工の一人が仲間をなだめた。

「そうだな。のどか屋に迷惑をかけちゃいけねえ」

腕まくりをやめて言う。

座敷の職人衆も、膳が来たから矛《ほこ》を収めた。

さりながら、それで騒ぎは収まらなかった。

「おう、なんでえ、この秋刀魚、ちゃんと焼けてねえぜ」

初見の客の一人が声をあげた。

「お、こっちもそうだ。この見世じゃ生焼けを食わせるのかよう」

「ひでえもんだ。これで銭を取るとはよう」

植木の職人衆は声を荒らげた。

「あ、相済みません。まだ見習いで……」

おちよが狼狽しながら謝った。

「申し訳ございません」

「急いでたので」

厨の二人が半ばべそをかきながら言った。

「おう、飯だけ食って出るぜ」

「汁もな。もちろん、ただだよな？」

客の一人がおちよをぎろっとにらみつけた。

「は、はい、お代は頂戴いたしません」

おちよはそう答えて、深々と頭を下げた。

二

「ちょっと、あんたたち」

しゅんとしている千吉と信吉に向かって、おちよは言った。

とんだ嵐になってしまった昼の膳が終わり、いったんのれんをしまった。普段はここから短い仮眠をとるのだが、今日はそれどころではない。

「すまねえこって」

信吉がわびる。

「焦って秋刀魚の焼きが甘くなっちゃって」

千吉も肩を落として言った。

「いくら遅くなったって、お客さんには頭を下げるから」

おけいが言った。

「そうそう。厨はしっかり料理をつくってもらわなきゃ。のどか屋では生焼けの魚を出すなんていううわさが広まったら、今日だけの損じゃなくなるんだからね」

おちよの声には、さすがに怒気がこもっていた。

「次からはちゃんと仕上げるんで」

千吉が言った。

「しっかりやります」

信吉は平謝りだった。

「しくじりはだれにもあるから」

おけいが励ます。

「そうね。明日は同じしくじりをやらないようにしましょう」

おちよの表情がやっと少しやわらいだ。

「へい。しっかりつくります」

引き締まった表情で、信吉は答えた。

「気を入れ直すよ」

千吉はそう言って、帯をぽんとたたいた。

「……みゃあ」

通りかかったちのが、持ち前の甲高い声でなく。

しっかりするのよ、と最古参の猫が励ましているかのようだ。

「はいはい。じゃあ、片づけをして二幕目に向かいましょう」

おちよが手を打ち合わせた。

三

二幕目の客はめったに大勢では来ないから、どうにか落ち着いて肴をつくることができた。

「しくじりながら覚えていけばいいよ」

おちよから話を聞いた隠居が温顔で言った。

「あとになりゃ、笑い話になるから」

元締めも笑みを浮かべる。

「はい」

千吉が殊勝にうなずく。

「やっちまったなあ」

信吉は弟子《でし》のほうを見た。

「いつまでも引きずってたら駄目よ」

おちよがすかさずたしかめる。

「そうそう。明日も秋刀魚でいってやるくらいの気構えじゃなきゃ」

元締めが励ました。

「えー、明日も？」

千吉が尻込みをする。

「またしくじりそうだべ」

信吉も腰が引けていた。

「困ったわねえ」

ちょうど通りかかったしように向かって、おちよは言った。

「なら、焼き魚はやめて、もう少しつくりやすいものにしたらどうだい」

隠居が水を向けた。

「いっそのこと、朝も昼も豆腐飯にしたら？」

千吉がおちよに言った。

「そりゃ楽だけど、昼まで豆腐飯にしたら『またか』と思われるでしょう？」

おちよはそう答えた。

「うん」

千吉がうなずく。

「明日は野菜物で切り抜けて、魚を扱う気になったらまたやればいいよ」

信兵衛が案を出す。

「魚ならつくり置きできる煮魚っていう手もあるね」

季川も続いた。

「そうですね。さすがにお刺身のつくり置きはできませんけど」

おちよが笑みを浮かべた。

「なら、ひとまず明日の昼は野菜の膳で」

千吉が気を入れ直すように言った。

「気張ってやるべ」

信吉も和す。

「よし、その意気だ」

隠居の白い眉が下がった。

四

翌日もおそめの風邪が治らず、のどか屋は人手が足りなかった。

朝の豆腐膳は滞りなく終わった。

だが、長居をする客もいて後片付けに手間取り、昼の仕込みにかける時がいささか少なくなってしまった。

「昼の顔はどうするべ？」

信吉が千吉に問うた。

「野菜は金時人参と三河島菜が入ってるから、炊き合わせとお浸しにして干物をあぶってつけようかと思ってたんだけど」

まずはご飯の支度をしながら、千吉が答えた。

「そんなに欲張ったら、昨日の二の舞になるわよ」

おちよがすかさず言った。

「でも、人参と三河島菜の小鉢だけじゃ、お膳の顔がないよ」

千吉があごに手をやった。

「ああ、それなら」

信吉が大きな音を立てて両手を打ち合わせた。

臆病なゆきがたちどころに逃げる。

「二つ合わせてかき揚げにすればいいべ」

信吉は知恵を出した。

「ああ、それは彩りもよさそう」

おけいがすぐ乗ってきた。

「かき揚げを丼にのせて、たれをかけたら、品数が少なくて済むね」

千吉が言う。

「そうね。あとは味噌汁と香の物くらいで」

と、おちよ。

「干物をあぶるよりはずっとましで」

信吉が言った。

「じゃあ、揚げたての野菜のかき揚げ丼膳で」

おちよが断を下した。

「まるいかき揚げをつくるのは得意なんで」

信吉が腕をまくる。

「なら、それでいきましょう」

千吉が白い歯を見せた。

五

昼の膳の支度が整い、おちよがのれんを出すや、通りの向こうからぞろぞろと同じ半纏をまとった男たちがやってきた。道具を手にした者もいる。どうやら大工衆のようだ。

十数人もいるから、おちよは少し迷った。いきなり大勢の客の注文が入ったら、厨がまた動転してしまうかもしれない。

どうしようと思っていると、大工衆より先に天秤棒をかついだ男が小走りにやってきた。

野菜の棒手振りの富八だ。いかに御神酒徳利とはいえ、いつも湯屋のあるじと一緒にいるわけではない。朝はのどか屋に野菜をおろし、昼の膳に出ると知るや、食べに来ることもある。

「おっ、かき揚げ丼膳かい」

貼り紙を見て、富八は言った。

「ええ。人参と三河島菜を使わせていただいて」

おちよが答える。

ここで大工衆がやってきた。

「ここは飯屋か」

「かき揚げ丼って書いてあるぜ」

大工衆の一人が貼り紙を指さした。

「おう、食ってってくんな。おいらがおろしたうめえ金時人参と三河島菜を刻んだかき揚げだ。ひっくり返《けえ》るほどうめえぜ」

おちよより先に、富八が呼び込みを始めた。

「金時人参の甘みと三河島菜の苦みが響き合って、えも言われぬおいしさですよ」

おちよは腹をくって言った。

「なら、入《へえ》るか」

「いろいろ探すのは難儀だからよ」

「今日は普請のつとめが長《なげ》えからな」

大工衆はわいわい言いながらのどか屋ののれんをくぐった。

「いらっしゃいまし。空いているお席へどうぞ」

おけいが身ぶりをまじえて言った。

「おっ、えれえおぼこい料理人じゃねえかよ」

「猫がいろいろいやがるな」

「食っちまうぞ。わはははは」

えらく騒がしい客だ。

「おう、しっかりやんな」

一枚板の席に陣取った富八が声をかけた。

「へい」

手を動かしながら、信吉が答えた。

「お、そこなら見えるのかい」

「いい按配じゃねえか、見てやるぜ」

いくたりかの大工衆がやってきて富八の横にずらっと並んだ。

「おめえさんは跡取りかい？」

「あるじはいねえのか」

「ずいぶん若えじゃねえかよ」

うるさいくらいに口々に問う。

「父は本店……じゃないな、師匠のお見世を手伝ってまして」

手を動かしながら、千吉は答えた。

「ほう、そうかい」

「気張ってやんな」

一枚板の大工衆はそう言うと、相席になった富八のほうを見た。

「おめえさんは常連かい？」

「おう、野菜を届けてるんだ。今日もうめえかき揚げになるぜ」

富八は元気よく答えた。

日ごろから寅次と御神酒徳利で動いているせいか、この男も地声が大きい。

座敷の大工衆は普請場の話で大いに盛り上がっていた。そこへ次の客が来た。どうやら顔なじみの左官衆がたまたま鉢合わせになったようで、一段とにぎやかになった。

千吉は菜箸を動かし、かき揚げの具合を見た。

本来なら、音を聞けば分かる。

油に入れた当座は大きな音を立てていたかき揚げに火が通るにつれ、泡も火も小さくなっていく。

火が通ったぞ、そろそろいいぞ、うまいぞうまいぞ……。

そうささやくような音に変わったら頃合いだ。さっと揚げて油を切ると、ちょうどいいあつあつあつのかき揚げになる。これを飯にのせ、たれをたっぷりかけて出せば、申し分のない昼の膳の顔だ。

しかし……。

その日ののどか屋は、あまりにもうるさすぎた。

音が聞こえない。

おまけに、昨日のしくじりがやはり尾を引いていた。焦るあまり、秋刀魚の焼きが甘くて客から文句を言われてしまった。

同じしくじりをしてはいけない。その思いがかえって枷《かせ》になった。なかなかかき揚げを取り出せないのだ。まだ揚げ足りないかもしれないと思うと、菜箸を持つ手が動かない。

それは千吉も信吉も同じだった。どちらも地蔵のように固まってかき揚げを見つめるばかりだ。

「おう、もう揚がってるぜ」

見かねて富八が声をかけた。

千吉がはっと我に返る。

あわてて上げてみたが、時すでに遅しだった。

かき揚げの色はずいぶん黒くなっていた。

六

その日の中休みののどか屋は、まるでお通夜のようだった。

千吉も信吉も洟《はな》をすすっていた。

「済んじまったことは仕方ねえからよう」

帰るに帰れなくなった富八がなだめる。

「いっぺんにわっとお客さんが来ちゃったからね」

おけいも言ったが、二人は肩を落としたままだった。

無理もない。

初めのうちは揚げすぎで文句を言われ、今度は焦っていつもはできていたはずのかき揚げのまとめができず、ぐちゃぐちゃのものを出すことになってしまった。

「なんでえ、こりゃ」

「この見世じゃ、こんなしくじりを出すのかよ」

「これでお代を取るとはいい度胸だな」

初見の大工衆は言いたい放題だった。

初めは謝りながら手を動かしていた千吉だが、とうとうわっと泣き出し、奥の旅籠のほうへ逃げてしまった。

いかに背丈が伸び、よろずにしっかりしてきたとはいえ、まだ数えで十四、満では生まれ日が来て十三になって間もない。若あるじとして修羅場を切り抜けるのはいささか荷が重かったようだ。

やむなくおちよが厨に入り、なんとか続けたが、気の短い左官衆はなかなか膳が出ないことに腹を立てて待たずに出ていってしまった。

「二度と来るかよ、こんな見世」

「のれんをしまっちまいな」

客の捨てぜりふは千吉の耳にも届いた。

まったくもって、昨日に輪をかけたしくじりぶりだ。

「おう、らしくねえぜ、千坊」

富松が千吉の肩をぽんとたたいた。

千吉が指で目元をぬぐってうなずく。

そのさまを見ていたおちよは、意を決したように言った。

「しばらく昼は休みましょう。朝と二幕目だけやって、忙しい昼も今度は大丈夫だっていう気になったら、また始めればいいから」

「わたしもそう思ってました、おかみさん」

おけいがすぐさま乗ってきた。

「それがいいな。無理してやんなくったって、のどか屋はつぶれやしねえからよ」

富松が笑みを浮かべた。

「旅籠もありますしね」

と、おけい。

「おそめちゃんも良くなったら人手が増えるし、おこうちゃんを回してもらえるかもしれない。昨日と今日は荷が重すぎたのよ。切り替えていきましょう」

おちよの言葉を聞いて、しょげていた千吉と信吉の表情がやっといくらか和らいだ。

七

相済みませんが、人手がたりない為、
昼のお膳、しばらく休ませて頂きます
　　　　　　　　　　のどか屋

翌日、そんな貼り紙が出た。

「ありゃあ、休みかよ」

それを見て、たまに来る客が言った。

「人手が足りねえって？」

その連れが訊く。

「知らねえのかよ。あるじが師匠の見世を切り盛りしてるんで、こっちはわらべに毛が生えたような若あるじがやってる」

「へえ、そりゃ荷が重いや」

「しばらくはよそへ行ったほうがいいぜ」

「おう、そうしよう」

その声は中で掃除をしているおちよの耳にも届いていた。

出ていってわび、「またよしなに」と言っておこうかと思ったが、いま一つ気が乗らなかった。二日続けて昼の膳をしくじってしまったのどか屋には、暗い雲が立ちこめているかのようだった。

しかし、ありがたい常連たちがその雲を振り払ってくれた。

二幕目になると、隠居と元締め、それに、春田東明とその教え子たちがのれんをくぐってくれた。江戸の町は狭いから、千吉が昼の膳をしくじってしょげているという話はすぐほうぼうへ伝わる。

「みんな、ありがとうね」

座敷に陣取った昔の仲間に向かって、千吉は言った。

千吉が寺子屋をやめて長吉屋へ修業に入るとき、仲間が寄せ書きをくれた。その昔なじみのいくたりかが、先生の春田東明とともに千吉を励ましに来てくれた。

持つべきものは友だ。しくじりのあとだけに人の情が心にしみた。

「なんの。気を取り直してやりなよ、千ちゃん」

「そうそう。次はきっとうまくいくから」

文机を並べて学んだ友は口々にそう言ってくれた。

「うん、気張ってやるよ」

得意のあん巻きをつくりながら、千吉は言った。

「千坊には笑顔が似合うからね」

隠居が笑みを浮かべる。

「負けて覚える相撲かな、っていう川柳《せんりゅう》がある。相撲も料理も同じだよ」

元締めが少しひねった励まし方をした。

「気を入れてやるべ」

信吉も手を動かしてあん巻きをつくる。

ほどなく、風邪が治ったおそめとおけいが客を案内して戻ってきた。のどか屋はさらににぎやかになった。

「はい、お待ち」

千吉はできたてのあん巻きを座敷に運んでいった。

「わあ、おいしそう」

「久々だね、千ちゃんのあん巻き」

仲間がさっそく手を伸ばす。

「先生もどうぞ」

千吉は春田東明に言った。

「ああ、いただくよ。もう大丈夫だね？」

教え子を案じてやってきた儒学者は温顔で問うた。

「はいっ」

千吉はいい声で答えた。

八

翌日は午の日だった。

この日だけ、時吉は長吉屋からのどか屋へ来る。

昼の膳のしくじりは、すでに隠居と元締めから事細かに聞いていた。千吉たちの顔を見ても、時吉はあらためて叱ったりすることはなかった。

「すまないねえ、おまえさん。わたしもいたのに」

おちよが謝る。

「いや、おれもあらかじめ絵図面を引いておくべきだった。また立て直せばいい」

半ばは千吉たちに向かって、時吉は言った。

「わたしも風邪を引いてしまって」

おそめがまだいくらかしゃがれた声で言った。

「それは仕方がないよ。お客さんにうつしたら大変だからね」

時吉は笑みを浮かべた。

昼の仕込みがないから、話す時はたんとある。

「で、昼はこれからどうします、師匠」

千吉が問うた。

「もういっぺん、やり直してみてえんで」

信吉の声にも力がこもる。

「初めは豆腐飯だな。多めに豆腐を仕入れて、朝と同じやり方で出せばいい」

時吉は答えた。

「それだとしくじりようがないわね」

おちよが言った。

「お客さんは物足りないかもしれないが、致し方ない」

時吉がうなずく。

「で、豆腐飯の次は？」

千吉がその先を問うた。

「まずは豆腐飯の昼をちゃんと終えてからだ。それに、お客さんからもいろいろ知恵をいただけるだろう」

おのれも考えていたことはあったが、時吉はあえてそう答えた。

しくじらない昼の膳はどういうものがいいか、ああでもない、こうでもないといろいろ思案するのも学びのうちだ。

「いきなり焼き魚とか、焦るとしくじるかき揚げとか、難しいものに手を出したのがしくじりのもとだったのよ。地道にやりましょう」

おちよが言った。

「そうだ。地道が何よりだ」

時吉がまたうなずいた。

「承知で」

「なら、明日から豆腐飯で？」

二人の若い料理人が言った。

「豆腐が入るのなら、昼をやってもいいぞ」

時吉の許しが出た。

「はいっ」

「やるべ」

千吉と信吉はいい目つきで言った。

九

「これから春がたけなわになっていくにつれて、山菜などの山の幸が増えて、炊き込みご飯が華やかになっていきますね」

大和梨川藩の杉山勝之進《すぎやまかつのしん》が言った。

「若あるじがつくった宿直《とのい》の弁当はこのたびが初めてゆえ、みなも喜ぶでしょう」

もう一人の寺前文次郎《てらまえぶんじろう》が和す。

「不満なところがあったら、忌憚《きたん》なく文句を言ってくださいまし」

時吉が言った。

「いやいや、若あるじが腕によりをかけてつくった弁当なので」

度の強い眼鏡をかけた寺前文次郎が言った。

大和梨川藩の勤番の武士がのどか屋へ弁当を頼みに来るのは、むかしからの習いだった。そもそも、時吉は磯貝徳右衛門《いそがいとくえもん》と名乗る武家で、大和梨川藩の禄を食《は》んでいた。

そのよしみで勤番の武士が宿直や花見などの弁当を頼みに来る。

小柄な寺前文次郎は囲碁の名手、すらっとしていて容子のいい杉山勝之進は剣の達人。どことなくでこぼこした二人が折にふれてのどか屋ののれんをくぐり、ときには故郷の話などをしながら一献傾ける。

今日の弁当は干し椎茸を戻して油揚げと大豆と炊き合わせたご飯に、金時人参や里芋の煮物、さらに、焼き海老や昆布巻きなどを詰めこんだものだった。時吉とおちよの助言も容れながらだが、千吉と信吉は力を合わせてまずまず見栄えのいい弁当をつくりあげた。

「炊き込みご飯なら、昼の膳にも使えそうですね」

包みを提げたまま、杉山勝之進がふと思い当たったように言った。

「ああ、それはいいかも」

千吉がすぐさま言った。

「今日のはおいしく炊けたからね」

おちよが笑みを浮かべる。

「あとはつくりやすい膳の顔を思案すれば、またのれんを出せるぞ」

時吉が風を送るように言った。

「まあ、焦ることはないから」

寺前文次郎が言う。

「じっくりみなで相談するといい」

杉山勝之進が白い歯を見せた。

大和梨川藩の勤番の武士たちが引き上げてまもなく、おそめに案内されて旅籠の常連が姿を現した。

野田《のだ》の醤油づくり、花実屋《はなみや》のあるじの喜助《きすけ》と番頭の留吉《とめきち》だ。流山《ながれやま》の味醂づくりの秋元《あきもと》家の主従もそうだが、得意先を廻るのに便利なのどか屋を定宿《じょうやど》にしてくれている。ともに千吉が出かけて手柄を挙げたことがあるから、切っても切れない縁だ。

「あの千吉坊ちゃんがのどか屋の若あるじになったと聞いて、うちの蔵人《くらびと》たちも喜んでいますよ」

喜助が笑みを浮かべて言った。

「うん、でも、半年のあいだのつなぎだし、しくじりばっかりで昼を休むことになっちゃったし」

千吉はあいまいな顔つきで答えた。

「また明日からやるんだから」

おちよがすかさず言った。

「明日は朝も昼も豆腐飯で」

信吉が口をはさむ。

「それはいただきたいですね、旦那様」

留吉がそう言って、土間にいた黒猫をひょいと取り上げた。

しょうという名は野田の醬油から採られた。案を出したのはおちよだが、花実屋の二人が名付け親のようなものだ。

「そうだね。ここの豆腐飯をいただくと、『ああ、江戸へ来たな』という気になるからね」

醬油づくりのあるじは笑顔で言った。

その後も客が次々に来て、旅籠の六つの部屋はたちどころに埋まった。

「こりゃあ、酔いつぶれるわけにはいかないね」

遅めに来た隠居がそう言って、一枚板の席に腰を下ろした。

先客は黒四組の用心棒の室口源左衛門だ。用心棒とはいえそうそう捕り物の出番があるわけではないから、近くの道場で指南役のつとめをし、ときには門人と一緒にのどか屋ののれんをくぐってくれるようになった。

あんみつ隠密と万年同心も相変わらず折にふれて顔を見せるから、韋駄天侍のほかに、のどか屋も黒四組のつなぎ役のようなものだった。そういえば、のどか屋に黒四組の十手をという話もあったが、いまはそれどころではない。

「昼の膳でばたばたせずに出せるものは何かという話を、ひとしきりしていたところで」

源左衛門がそう言って、隠居の猪口に酒を注いだ。

「いま出ている肴は、ちょっとばたばたするかな？」

隠居が温顔で言った。

鰤《ぶり》の照り焼きだ。

脂ののった寒鰤は、鰤大根などもいいが照り焼きもうまい。

「ちょっと焦がしそうなんで」

信吉が尻込みをした。

「二幕目で一皿ずつていねいにつくるのならいいんですけど」

千吉も言う。

「さっきから見ておったんだが、存外に手間がかかりますんで」

気のいい武家が言った。

まず鰤の身を四半刻（約三十分）ほどつけ汁に浸しておく。醬油と味醂と酒をまぜたつけ汁だ。ときどき身を返しながら浸し終えると、汁気をよく切っておく。

平たい鍋に油を引き、ひとわたり焼いたところで油を捨て、つけ汁を入れて蓋をして蒸し焼きにする。頃合いを見て蓋を取り、鍋をゆすりながら残ったつけ汁を煮つめながら照りを出していく。

源左衛門が言ったとおり、存外に手間がかかる。

「味醂が多めで焦げやすいし」

と、千吉。

「なら、照り焼きのほかに鰤で思案してみな」

時吉が水を向けた。

「んーと、鰤のあらと大根の炊き合わせは？」

千吉が兄弟子に訊いた。

「ありゃあ、こまめにあくを取らなきゃならねえべ」

信吉は乗ってこなかった。

「だったら……粕汁《かすじる》はどうかな。具だくさんの粕汁」

千吉はまた案を出した。

「それはうまそうだな」

源左衛門が言って、猪口の酒を呑み干した。

「寒い時分にも合いそうだね」

と、隠居。

「なら、豆腐飯の次は鰤の粕汁と炊き込みご飯にしてみな」

時吉が笑みを浮かべた。

「それに野菜の炊き合わせの小鉢をつけたら、昼の膳としては申し分ないわよ」

おちよも言う。

「よし、決まった」

千吉が両手を打ち合わせた。

ご飯の合図と勘違いした小太郎としょうが急に浮き足立つ。

「まだ早いからね」

おちよがおかしそうに猫たちに告げた。

十

お昼の膳
また始めました
　　　　のどか屋

そんな立て札が出た。

余白に貼り紙を出せるような字の並びだ。

まずは「豆ふ飯」、翌日は「たきこみご飯にぶりのかす汁」という紙が貼り出された。

「おう、うめえじゃねえか」

「飯も汁もなかなかのもんだぜ」

「どちらも具だくさんでよう」

客の評判は上々だった。

粕汁に入っているのは、鰤の身とあら、人参、蒟蒻《こんにゃく》、葱、油揚げ、小芋。まさに具だくさんだ。酒粕を味噌とだし汁でのばし、仕上げに醬油で味を調える。こくのある汁が五臓六腑にしみわたるかのようだった。

「小鉢がまたうめえ」

「金時人参の照りが何とも言えねえぜ」

客の箸が止まることはなかった。

甘みのある金時人参に、だしをたっぷり吸った厚揚げを合わせてある。これだけでも膳の顔になりそうなうまさだ。

「おいしゅうございますね、旦那さま」

花実屋の番頭が笑みを浮かべた。

「そうだね。いい日に来たよ」

あるじの喜助が白い歯を見せた。

江戸でのあきないを首尾よく済ませたあとだから、ことのほかおいしく感じられる。

「毎度ありがたく存じます」

風邪が癒えたおそめがいい声を響かせた。

「またのお越しを」

手伝いのおこうが頭を下げる。

またしくじりがあってはと、元締めの信兵衛が根回しをして、おこうものどか屋番にしてくれた。これで万全だ。

「おう、うまかったぜ」

「昼はやっぱりのどか屋だな」

「これからも頼むぜ」

客は上機嫌で去っていった。

「ありがたく存じました」

その背に向かって、若あるじは厨から精一杯の声をかけた。

第十章　かき揚げ丼と玉子のせ焼き飯

一

次の午の日は、時吉も厨に入った。

昼の膳を再開し、滞りなく進んでいることは長吉屋に来た隠居から聞いていたが、足を運んでみると「かき揚げを出す」と言うから驚いた。前にしくじったものを出すという気概はいいが、同じしくじりをすまいかと案じられる。

「揚げ役は信吉兄さんに任せて、わたしはご飯をよそってたれをかけたりする役で」

千吉が言った。

「なるほど、役を分けるわけだな」

時吉がうなずいた。

「へい。気を入れて揚げるだけならしくじらないので」

ねじり鉢巻きの信吉が答えた。

「お客さんの相手はわたしがするから」

千吉が笑みを浮かべる。

「今日はみんなそろってるんだから、おまえもお膳づくりでいいよ」

おちよがそう言って女衆を手で示した。

おけいにおそめに助っ人のおこう。みな気の入った顔つきをしている。

「よし、なら、始めるぞ」

時吉が手を打ち合わせた。

「へい」

「承知で」

若い料理人たちが腹から声を出した。

前のかき揚げ丼膳のときは、いきなりわっと客が押し寄せてきておのれをなくしてしまったが、今日はちょうどいい按配に入ってくれた。

「はい、お膳二つ」

おちよが厨に声をかける。

「へい」

注文を受けてから、信吉がかき揚げを揚げはじめる。

しくじった前と違って、じっと油の音に耳を澄ませ、「よし」とひと声かけてから網ですくって油を切る。

「きれいなかき揚げで」

千吉がにこっと笑い、ほかほかの飯にのせてたれを按配《あんばい》よくかける。

そのさまを、脇に回った時吉が見守る。膳に小鉢と汁椀を据えるのが今日の時吉の役どころだ。

小鉢は金時人参と厚揚げの炊き合わせだ。もはやのどか屋の新たな名物料理と言ってもいい。炊きたてもいいが、冷めてもうまい煮物だ。

汁は浅蜊《あさり》のすまし汁にした。蓋付きで出し、殻を蓋に入れる。ちゃりん、ちゃりんとほうぼうで涼やかな音が響きだした。

客の評判は上々だった。

「おう、さくっと揚がってるな」

「飯と一緒に食ったらうめえや」

座敷からも一枚板の席からも声が飛ぶ。

「浅蜊汁がまたうめえ」

「ちゃりん、ちゃりんと銭がたまるみてえでよ」

客はみな上機嫌だ。

「ありがたく存じます」

かき揚げづくりに気を集めている兄弟子に代わって、千吉が礼を述べた。

「丼のおつゆが足りない方は、注ぎ足しますよ」

急須を手にしたおちよが言う。

「おう、もうちっとくんな」

「つゆだくのほうがうめえからよ」

「はいはい、ただいま」

おちよがいそいそと動く。

「毎度ありがたく存じました」

おけいは勘定場だ。

「いらっしゃいまし」

「こちら、お相席でお願いいたします」

おそめとおこうが新たに入ってきた客を案内する。

そんな調子で、昼のかき揚げ丼膳は滞りなく進み、すべてきれいに売り切れた。

二

「やればできるんだからね」

隠居が温顔で言った。

「これでもう大丈夫だ」

元締めも太鼓判を捺す。

二幕目に入ったのどか屋には、ほっとしたような気が漂っていた。前に大しくじりをやらかしたかき揚げ丼膳だが、今日は客の笑顔を誘って売り切れた。千吉も信吉も満足げな表情だ。

「おれがいないときも、今日みたいな按配で落ち着いてやるんだぞ」

時吉が手綱を締めた。

「はい。ほかにもいろいろやってみたいんで」

千吉が笑顔で答えた。

「たとえば？」

おちよが問う。

「んーと……焼き飯とか焼きうどんとか」

千吉が答えた。

「焼きうどんは手間がかかるべ？」

信吉が首をひねる。

「うどんを打って、ゆでて水でしめてから焼きにかかるわけだからな」

時吉も昼に出したことがあるが、大車輪の働きになって大汗をかいたものだ。

「なら、焼き飯で」

千吉はあっさり焼きうどんをひっこめた。

「おうどんなら、あったかいのを出せばどう？」

おちよが水を向ける。

「そうそう、味のしみたきつね揚げを入れたりしてね」

隠居が知恵を出した。

「干し椎茸もまだあるから、具だくさんにすればいい」

と、時吉。

「餅を入れた力うどんもいいべ」

信吉も言う。

それやこれやで、案は次々に出た。

「だったら、あとでいいから焼き飯をつくっておくれ」

元締めが所望した。

「承知しました。ちょっと試してみたいことがあるので」

千吉が思案ありげな顔つきで答えたとき、表で人の話し声がした。

ほどなく、おそめとおこうが客をつれて入ってきた。

初めての客ではなかった。

「まあ、瓢屋さん」

おちよが声をあげた。

「これはこれは、ちょうどわたしがいる日にお越しで」

時吉が白い歯を見せた。

のどか屋に姿を現したのは、川崎大師門前の瓢屋のあるじの鶴松だった。

三

「今日は道具の調達がてら、江戸の昔なじみを訪ねようと思いましてね」

一枚板の席に腰を下ろした鶴松が言った。

「さようですか。道具と言いますと？」

時吉が訊く。

「刺身包丁をもう一本ほしいと亀太郎が言いだしまして。おまさと一緒に手を動かしたら、その分大皿盛りなどが進むだろうと」

鶴松はすぐさま答えた。

「では、お料理を出す旅籠をもうやられているんですね？」

おちよがたずねた。

「ええ。叔父から譲り受けた旅籠の普請をやり直して、『亀まさ』という名でのれんを出しました。幸い、お客さんは来てくださっているのでひと安心です」

瓢屋のあるじは答えた。

「『亀まさ』というのは、おしげさんの『宗しげ』と似ていますね」

時吉は何かに思い当たったような顔つきになった。

「ええ。おしげさんも旅籠で気張って働いてくれていますよ」

鶴松が告げる。

「それはよかった」

と、おちよ。

「で、もう一つ知らせがありましてね」

鶴松は間を置いてから続けた。

「せがれの亀太郎と、料理人のおまさが好き合うようになりまして、まあ平たく言えば夫婦《めおと》になったんです」

瓢屋のあるじは心底嬉しそうに言った。

「そりゃあ、めでたいね」

隠居が破顔一笑した。

「何よりの話じゃないか」

元締めも和す。

「ええ。おしげさんも大喜びで。そのうちややこができても、ばあばが同じ旅籠にいれば大助かりでしょう」

鶴松の目尻にいくつもしわが浮かんだ。

亀太郎とおまさが夫婦になったという話を聞いて、千吉は一瞬だけ虚を突かれたような顔つきになった。

しかし、ほどなく笑顔になった。

「おめでたく存じます」

千吉は心から言った。

「ああ、ありがとう。くれぐれも千ちゃんによろしく、とおまさが言っていたよ」

鶴松はそう伝えた。

「なら、祝いの肴を何かつくれ」

時吉は千吉に水を向けた。

「うーん、さっき信吉兄さんと相談してたのがあるんだけど」

千吉は兄弟子のほうを見た。

「だったら、それでいい」

時吉は言った。

「焼き飯も忘れないでおくれ」

隠居が言う。

「承知で」

何かを吹っ切ったような表情で、千吉は言った。

四

若い料理人たちがまな板にのせたのは、鶏肉だった。

皮などを取り除き、腿肉をそぎ切りにする。

少し危なっかしいところはあったが、切り終えたところで醬油と酒をまぶしていくらか置いた。

そのあいだ、鶴松はすすめられるままに猪口の酒を干しながら、亀まさの繁盛ぶりについて語った。のどか屋名物の豆腐飯は川崎大師の門前でも大人気で、これだけを食しに来る客も多かった。

料理人としての腕は甘いが客の応対などには抜かりがない亀太郎は、白い豆腐を食せば身の罪業が雪《すす》がれるなどともっともらしい理屈をつけて言葉巧みにすすめた。おかげで、川崎大師の参詣客が帰りに食べていくためしも増えて、亀まさの前には列まできるようになったらしい。瓢屋を上回る繁盛ぶりだ。

「あんまり間を置くと、醤油がしみすぎて焦げやすくなるぞ」

時吉が機を見て言った。

「なら、そろそろ片栗粉をはたきましょう」

信吉が言う。

「わたしがやってもいい？」

千吉が名乗りを挙げた。

「ああ、いいよ」

兄弟子が快く譲る。

「よし」

腕まくりをすると、千吉は小ぶりの粉ふるいを取ってきた。

これに片栗粉を入れ、鶏の腿肉にていねいにはたいていく。

「おいらが揚げるべ」

信吉が身を乗り出してきた。

「お願いします」

千吉が手を動かしながら答えた。

「あしらいと溶《と》き辛子《がらし》はおれがやってやる」

時吉が言った。

「ほう、辛子がつくのかい」

隠居が言う。

「ええ。あるとなしじゃ、だいぶ違いますから」

時吉は笑みを浮かべた。

鶏の腿肉の竜田揚《たつたあ》げは次々に揚がった。

竜田川は紅葉の名所だ。こんがりと狐色に揚がったさまを紅葉に見立てた風流な料理だが、溶き辛子の黄色とあしらいの芹《せり》の青みが絶妙で、皿をぎゅっと引き締めていた。

「あつあつをどうぞ」

千吉が皿を下から出した。

「おお、これはうまそうだ」

鶴松がさっそく箸を伸ばす。

狐色に揚がった竜田揚げを、溶き辛子に、ちゅとつけて口中に投じる。醤油の下味がついた香ばしい竜田揚げに、辛子がえも言われぬ響き方をしていた。

「うまいねえ」

瓢屋のあるじが感に堪えたように言った。

「そのひと言だね」

隠居もうなる。

「芹もまた絶妙だ」

元締めも言った。

「これくらいのあしらいなら、お上《かみ》も文句は言えないでしょうから」

時吉が指さす。

あれからまだ折にふれて炊き出しの屋台を出しているし、見世でも気をつけている。

さらにおとがめを受けそうな気遣いはなかった。

「なら、次は焼き飯を」

千吉がぽんと手をたたいた。

「それもいただきたいけれど、酔ってしまったら肝心なところへ行けないので」

鶴松がそう言って腰を上げた。

「お気をつけて」

おちよが声をかける。

「代わりにいただいておくから」

隠居がそう言ったから、のどか屋に笑いがわいた。

五

鶴松が出てほどなく、岩本町の御神酒徳利がやってきた。

湯屋のあるじの寅次と、野菜の棒手振りの富八だ。

「千坊がこれから変わった焼き飯をつくってくれるところだよ」

隠居が教えた。

「おう、そりゃいいとこへ来たな」

寅次が言う。

「焼き飯なのに、薄焼き玉子をつくってるのかい？」

千吉の手元を見て、富八がけげんそうに言った。

平たい鍋に油を引き、溶き玉子を流しこんで、菜箸《さいばし》を器用に操って薄焼き玉子をつくっている。

「ちょっと考えがあるんで」

千吉は答えた。

「なるほど、錦糸《きんし》玉子を散らすんだな」

湯屋のあるじが先読みをして言った。

「寿司ならともかく、焼き飯に合いますかい？」

と、富八。

「そりゃ、食ってみなきゃ分からねえな」

寅次はそう言って腕組みをした。

だが、千吉は薄焼き玉子を切ろうとはしなかった。

葱や蒲鉾など、ほかの具をまぜてまず焼き飯をつくる。ここまでは長吉屋のまかないでよくつくっていた焼き飯だった。塩胡椒と醬油だけの味つけだが、これは間違いのない味だ。

「鰹節を削ってください、兄さん」

千吉は信吉に言った。

「おう、焼き飯にまぜるんだな」

信吉はそう言ったが、千吉は笑みを浮かべただけだった。どうやら違うらしい。

時吉も息子が何をつくろうとしているのか察しがつかなかった。こんな料理を教えた覚えはない。

千吉は小ぶりの鍋を取り出し、だしと味醂と醬油を入れてたれのようなものをつくりだした。ますます何をしようとしているのか分からない。

「よし、仕上げだ」

千吉は帯を一つたたいてから仕上げにかかった。

まず皿に焼き飯を盛り、その上に薄焼き玉子をのせる。

そこへ鰹節をたっぷりかけ、甘めのたれをそそぐ。

「玉子のせ焼き飯でございます。玉子を崩しながら召し上がってくださいまし」

千吉はよどみなく言って、まず隠居に皿を差し出した。

「ほほう、これは面白い趣向だね」

隠居の白い眉が下がる。

「わたしも思いつきませんでした」

時吉は包み隠さず言った。

玉子のせ焼き飯は次々にできた。薄焼き玉子をつくる手間はかかるが、先につくっておけばあとは楽だ。

「お、こりゃうめえな」

寅次が声をあげた。

「たれと玉子が甘えから、焼き飯はもっと辛めにしてもうめえぜ」

富八が言う。

「次はそうしてみます」

自信を取り戻した顔で、千吉は答えた。

六

その晩――。

千吉は遅くまで起きていた。

しきりに手を動かしている。

「まだ寝ないの？」

おちよが気になって様子を見に来た。

「うん。あとちょっと」

千吉は言った。

手にしていたのは、おまさからもらったあの小刀だった。

「だいぶできてきたわね」

おちよが笑みを浮かべた。

「気張ってやってるから」

手を動かしながら、千吉が言った。

「なら、あんまり遅くならないようにね。火の始末もちゃんとして」

おちよはそう言って腰を上げた。

「うん、分かった」

千吉は答えた。

おちよの代わりに、千吉のかたわらで見守っていたのはちのだった。

初代のどかの娘のちのは千吉より年上だから、もうずいぶんな歳だ。さすがに弱ってきたが、まだおのれの足ではばかりへ行き、少しだが餌も食べている。千吉が寝ると掛け布団の上に乗り、ゆっくりとふみふみをする。そのさまが愛しくて、いつも首筋をなでてやっていた。

そろそろ寿命かもしれないから、一日一日を大事にして、安らかな最期を迎えさせてあげたいものだ。

時吉とおちよは日頃からそんな話をしていた。

「ほら、できたよ、ちのちゃん」

その老猫に向かって、千吉はできたばかりのものを見せた。

ちのが臭いをかぐ。

ひとしきりくんくんと鼻をうごめかせていた猫は、「これでいいわ」と言わんばかりに短く「みゃ」とないた。

「ありがとう」

千吉はその小さな頭をなでてやった。

老いた猫は気持ちよさそうにのどを鳴らしはじめた。

七

翌朝――。

のどか屋の朝膳はいつものようににぎわっていた。

「はい、お膳あがりました」

千吉の声が響く。

豆腐飯に決まっているから、ただの「お膳」で済む。

「おお、来た来た」

「江戸へ来る楽しみだっちゃ」

そう言ってさっそく食しだしたのは、越中富山の薬売りたちだった。

人は変われど、置き薬の箱を背負った薬売りたちは折にふれてのどか屋に泊まってくれる。聞くところによると、薬売りのあいだでは江戸のことは「豆腐飯」と呼ばれているらしい。

「おいらは来月から豆腐飯だっちゃ」

「豆腐飯で羽を伸ばしてえもんだ」

といった按配だ。

瓢屋の鶴松も姿を見せた。

昨日は刺身包丁を買ってから、昔なじみと遅くまで呑んでいたようだ。おかげで少々眠そうだったが、豆腐飯を食すと急に顔色が良くなった。

「やっぱり本家の味は違いますね」

鶴松は言った。

「川崎も同じお味でしょう」

おちよが言う。

「いや、ほんのちょっと違うような気がします」

と、鶴松。

「そりゃ、つくり手の人柄が出るんだよ」

「そうそう、のれんの数だけ豆腐飯の味があってもいいじゃねえか」

朝だけ食べに来た大工衆が言った。

「なるほど、つくり手の人柄が」

瓢屋のあるじはそう言うと、味のしみた豆腐と飯をまぜ、薬味を添えてわっと食した。

「おまさお姉ちゃんがつくる豆腐飯は、やさしい味がすると思う」

千吉が思いをこめて言った。

「ああ、そう言や」

鶴松は匙を止めた。

「亀まさで食った豆腐飯は、もうちっと甘い味がしたような気がするな」

「そりゃ、夫婦になりたての女料理人がつくってるんですから」

おちよが笑みを浮かべた。

「何かめでてえことでもあったのかい」

大工の一人が問う。

「はい。旅籠のあるじになったせがれが、こちらで修業した娘料理人と夫婦になりまして」

鶴松はうれしそうに答えた。

「そりゃめでてえな」

「あのべっぴんかい、憶えてるぜ。いい縁じゃねえか」

「そのうち孫もできるな」

「めでてえこった」

大工衆は口々に言った。

「そろそろお渡ししたら？」

客の波が引いたのを見計らって、おちよが千吉に言った。

「うん、そうする」

千吉はやや硬い表情で、ふところに忍ばせていたものを取り出した。

「これ、ゆうべ彫ったお祝いだから、おまさ姉ちゃんに」

と、山吹色の風呂敷に包んだものを差し出す。

「おまさに？　見ていいかい」

鶴松は訊いた。

「どうぞ」

千吉が一礼する。

「この子にいただいた小刀で、夜なべをして彫ったものですから」

おちよが笑みを浮かべた。

瓢屋のあるじは包みを解いた。

中から現れ出でたのは、金時人参で彫った亀だった。

縁起物だ。

「鶴は羽が取れそうだからやめて、亀にしました。亀まさのお守りになるようにと思って」

千吉は言った。

「ありがてえ」

鶴松はいくたびも目をしばたたかせた。

亀はなかなか堂に入った出来で、目のところにだけ墨が入っていた。おかげで愛嬌のある表情に見える。

「何よりの餞《はなむけ》だ。二人とも喜ぶよ」

瓢屋のあるじは笑みを浮かべた。

「気張ってつくったので」

千吉も笑みを返した。

江戸から川崎へ運ばれた細工物の亀は、亀まさの神棚に供えられた。

高いところから見下ろす赤い亀は小ぶりだが目立つ。なかにはいわれを問う客もいた。

「江戸の兄弟子がつくってくれたんです。歳は下ですけど」

おまさはそう答えた。

「横山町の旅籠付きの小料理屋のどか屋さんの跡取り息子で」

亀太郎が如才なく言う。

「へえ、旅籠がついてる小料理屋って、こことおんなじじゃねえか」

「ええ。わたしらが修業させていただいて、のれんを出したので」

亀太郎が答えた。

「江戸へ行ったときは、ぜひ本家の味を召し上がってくださいまし」

おまさは明るく言った。

人参の亀はそのうちしなびてしまったため、代わりに立派な亀の置物を飾った。

その功徳があったのか、亀まさはさらに繁盛した。

めでたいことはさらに続いた。おまさがややこを身ごもったのだ。

やがておまさは玉のような男の子を産んだ。両親のみならず、初孫を抱いた瓢屋の鶴松とおゆり、それに、おまさの母のおしげの喜びようはひとかたならぬものがあった。

初めての子に、亀太郎とおまさは亀吉《かめきち》という名をつけた。

のどか屋ゆかりの「吉」だった。

終章　稲荷《いなり》寿司と俵結び

一

伊豆《いず》のほうから花だよりが届いた。

そのうち、江戸でも花が咲くだろう。

のどか屋の昼の膳は順調に進むようになった。ときどき小さなしくじりはあるが、客が怒り出すようなことは絶えてなくなった。

兄弟子の助けも借りて、千吉は日を重ねるにつれて腕をあげていった。焼き飯のときは前より豪快に鍋を振り、一枚板の席の客が歓声をあげるまでになった。

息子の成長ぶりを、時吉とおちよ、そして常連たちも目を細めて見守っていた。

そんなのどか屋の二幕目――。

遅めに隠居が姿を現したところへ、あんみつ隠密と万年同心がつれだってやってきた。

「あんみつ煮でよろしいですか？」

千吉が厨から問う。

「おう、いいぜ。ここだけの話だが、おとっつぁんより千坊のあんみつ煮のほうが甘くてうめえぞ」

安東満三郎は声をひそめて言った。

「ほんと？」

千吉の瞳が輝く。

「千吉のほうがお砂糖をたくさん入れるからかしら」

おちよが小首をかしげた。

「時さんは砂糖が高価でなかなか手に入らなかった頃からの料理人だからね。そのあたりが千坊と違う」

隠居が読み筋を示す。

「なるほど、深いですね、ご隠居」

万年同心が感心したように言った。

「昨日は用心棒さんが見えましたよ」

おちよが言った。

室口源左衛門は道場帰りに門人をつれて寄ってくれた。陽気な酒だから、のどか屋がぱっと明るくなる。

「そうかい。ここんとこ捕り物がなくて、暇かもしれねえな」

あんみつ隠密が言う。

「暇がいちばんだよ。世が平穏な証《あかし》だからね」

と、隠居。

「いや、おれらが捕り逃がしてるだけかもしれねえからよ」

黒四組のかしらが苦笑いを浮かべる。

「でも、お米の値も一段落したし、悪いあきんども捕まったので」

と、おちよ。

「ま、ひとまずそっちのほうは大丈夫そうだな。……お、ありがとよ」

安東満三郎は千吉が手早くつくったあんみつ煮を受け取った。

ほどなく、ほかの肴が出た。

あんみつ煮に加えて、味にうるさい万年同心と隠居には平目の昆布締めと肝《きも》を出した。

「渋い肴を出すじゃねえか」

万年同心が笑みを浮かべる。

「そりゃ、長吉屋で修業したから、平ちゃん」

千吉は相変わらず気安く呼んだ。

「うなるような肴をさらっと出すんだ、って師匠は言ってましたんで」

信吉も言う。

「皿を下から出すんだね」

隠居がうなずく。

「どうだ、と上から出しちゃいけねえから」

万年同心はそう言うと、平目の肝に箸を伸ばした。

さっとゆがいて薄口醤油で味つけしたものは、こたえられない酒の肴だ。

「ときに、師匠から便りはねえのかい」

こちらはあんみつ煮を食しながら、安東満三郎が訊いた。

「あんまり文を書くような柄《がら》じゃないので」

おちよが苦笑いを浮かべる。

「きっと達者でやっておられますよ」

客の案内を終えたおけいが言う。

「半年なんてあっと言う間だからね。西のほうじゃ、もう桜も咲いているだろう」

隠居がそう言って猪口の酒を干した。

「札所巡りも半ばを過ぎてるかもしれませんな」

万年同心が言った。

「達者でやってるといいけどねえ、おとっつぁん」

おちよはいくらか遠い目つきになった。

二

そのころ――。

当の長吉は石段を上っていた。

杖を突きながらだが、足取りはしっかりしている。江戸を出たときと同じ巡礼のいでたちだ。

踊り場に着くと、長吉はひと息つき、竹筒の水でのどをうるおした。

ここは京の善峯寺《よしみねでら》。

平安中期に建立された由緒ある寺で、西国三十三観音巡りの第二十番札所になっている。まだまだこれから難所も控えているが、三月で半ばを超えた。最後の札所の美《み》濃《の》で結願《けちがん》して、江戸へ戻る見通しが立ってきた。

踊り場からは、京《きょう》の町を遠くまで見渡すことができた。遠近《おちこち》に薄紅色の花が咲いている。まだ満開ではないが、寺の境内にもいい枝ぶりの桜の木が植わっていた。

「ええ景色ですな」

近場に住んでいるとおぼしい男が声をかけてきた。

「心が洗われるようです」

長吉が答えた。

「東のほうから来はったんですか？」

音の上げ下げが違うことを察して、作務衣《さむえ》姿の男がたずねた。

「江戸から」

長吉は短く答えた。

「ほう、そら遠《と》いとこを。何でまた札所巡りに？」

男が興味深げに訊く。

「わたしは料理人でしてね。料理人ってのは、生《しょう》のものの命を取って料理に変えていきます。その罪がだいぶたまってきたので、観音さまを巡って許しを得ようと思い立ちましてね」

長吉はかねてより思案してきたことを告げた。むろん、半年のあいだ江戸十里四方所払いになったとは言えない。

「そら、ええ心がけですなあ」

男は素直に感心して言った。

「お参りする先々で宿坊の精進料理もいただいてるので、新たな学びにもなりまさ」

長吉は笑みを浮かべた。

「江戸へ帰ったら、またうまいもんをつくれますな」

作務衣の男が笑う。

「まあ……そのとおりで」

長吉は少し間を入れてから答えた。

「ほな、この先も気ィつけて」

男は軽く頭を下げた。

「ありがたく存じます」

客に対するかのように、長吉も一礼した。

踊り場で一期一会《いちごいちえ》の男の背を見送ると、長吉は残りの石段を上った。

難儀をした甲斐があった。そこからの見晴らしはさらに絶景だった。

「あっちが江戸か……」

長吉は独りごちた。

ところどころがそこはかとなく薄紅色に煙る京の町。その上空を鳥が二、三羽舞っている。

一羽が近江《おうみ》のほうへ飛んでいった。

そのゆくえを、長吉はしばらくじっと目で追っていた。

三

江戸の町でも花が咲きだした。

この時季ものどか屋は忙しい。旅籠と小料理屋に加えて、花見の弁当の注文も入るからだ。

今日、弁当を取りに来たのは、大和梨川藩の勤番の武士たちだった。

「今年から遠出ではないもので、あまり心は弾みませんが」

寺前文次郎がややあいまいな顔つきで言った。

「ご家老からのお達しゆえ、仕方ありません」

杉山勝之進が笑みを浮かべる。

大和梨川藩の上屋敷に植えた桜の木が育ち、なかなかいい花を咲かせるようになった。ならば、わざわざ墨堤《ぼくてい》や飛鳥山《あすかやま》などの花の名所に出かけずとも、屋敷で花見をすればいいということになってしまった。

「初めは弁当もなしということやったんですが」

寺前文次郎が苦笑いを浮かべた。

「もう頼んであると言ったら、さすがに折れてくれました」

杉山勝之進が白い歯を見せた。

「稲荷寿司と俵結び、それに山菜や小鯛や焼き豆腐などをたくさん詰めましたので」

千吉が言った。

「ああ、楽しみやね」

「では、いただいてまいります」

勤番の武士たちは重そうな包みを提げて出ていった。

その後も花見弁当の注文はほうぼうから入った。

そのなかの一つは、春田東明の寺子屋からだった。寺子屋で学ぶのもいいが、みなで桜を愛《め》でながら、万物についての教えを聞くのも長く心に残る。

「都合がつけば、千吉さんもいかがでしょうか。同じ寺子屋で学んだ人に接するのも小さい子たちの学びになりますので」

相変わらずていねいな口調で春田東明は言った。

「うーん、だったら、午の日なら師匠が帰ってくるので」

千吉は少し考えてから答えた。

「厨はおいらもやるから、行ってくるべや」

信吉も快く言った。

かくして日取りが決まった。

「昼のお膳に出すものをお弁当にすればどうかな？　もちろん、それだけじゃ足りないけど」

千吉がおちよに案を出した。

「なら、大和梨川藩のお弁当に入れたものはどう？」

おちよが水を向けた。

「稲荷寿司と俵結びね」

千吉の声が弾んだ。

「そりゃいいべ」

信吉がすぐさま言う。

「合い盛りにしてお椀と香の物をつけたら、お膳になりそうね」

おちよが乗り気で言った。

「揚げは前の晩からじっくり炊いて味を含ませればいいよ」

と、千吉。

「なら、それでいきましょう。昼が終わってから、おまえだけお花見にまぜてもらえばいいから」

おちよが笑顔で段取りをまとめた。

四

その日が来た。

のどか屋の貼り紙は一風変わっていた。

本日のお昼
合い盛り膳

そこまでは普通だが、そのあとに達筆で発句がしたためられていた。

稲荷寿司俵結びや花の宴

むろん、季川の手になるものだ。話を聞いて一句詠んだところ、おちよがさっそく「貼り紙に」と申し出たのだ。

字は小さいが、おちよの付け句も記されていた。

小鉢と椀のそろふめでたさ

付け句にしてはいささかひねりに乏しいが、そこはそれ、まずはあきないだ。

貼り紙のおかげかどうか、客は次々に入ってきた。

「お、珍しいな、合い盛りかい」

「こりゃ腹一杯になりそうだ」

常連の職人衆が言った。

「花見弁当にも入れるので、たくさんつくりました」

午の日でのどか屋にいる時吉が言った。

「そうかい。こりゃ豪勢だな」

「ただの俵結びじゃねえんだな。青海苔や鰹節をまぶしたりしてあらあ」

「どれから食うか迷うな」

にぎやかな声が飛ぶ。

今日はよ組の火消し衆も来てくれた。ちょうど近場で寄り合いがあるようだ。

「お、稲荷寿司も凝ってるな」

かしらの竹一が裏を見て言う。

「なるほど、黒胡麻に白胡麻に刻み海苔、一つずつ変えてあるんだな」

纏持ちの梅次がうなずく。

「ほんとは山葵も入れたかったですが、寺子屋のわらべたちの花見弁当にもなるもので」

時吉が言った。

「はは、わらべにゃ山葵は荷が重いや」

と、竹一。

「千坊も行くのかい」

梅次が問うた。

「うん。先生に誘われたので」

千吉は心底うれしそうに答えた。

「寺子屋のちっちゃい子らと一緒に行くんですよ」

おちよも笑みを浮かべて言った。

「いつのまにか兄貴分になったからな」

梅次が言う。

「月日の経つのは早《はえ》えもんだ」

竹一がしみじみと言った。

「おう、うまかったぜ」

「また合い盛り、やってくんな」

職人衆が上機嫌で言った。

「今度は炊き込みご飯の合い盛りとかよ」

「蕎麦とうどんとか」

「そりゃ、ちょっと手間がかかるので」

千吉が厨から言った。

「若あるじは駄目だってよ」

「まあいいや。手が回らなくなったら元も子もねえからな」

「前にしくじって懲りたものですから」

おちよが笑みを浮かべて、やんわりと断った。

五

その日ののどか屋に中休みはなかった。

のれんはしまったが、おちよも弁当づくりに手を貸した。

その甲斐あって、いつものように隠居と元締めが顔を出すころには、風呂敷に包んだ花見弁当がいくつもできあがった。

「おまえも持つのか？」

時吉が案じて問うた。

「うん。先生だけじゃ運べないし、ほかに大きい子もいるから」

千吉が答える。

「近場だったら、おまえさんが運び役をやればいいんだけど」

と、おちよ。

「飛鳥山だとちょっと遠いな」

時吉が腕組みをした。

「でも、途中で運べなくなったりしたら大変よ」

おちよが案じた。

「厨はおいらがやりますんで」

信吉が手を挙げた。

「今日はうるさい客はいないからね」

隠居がそう言ったから、のどか屋に和気が満ちた。

「いや、いつもいないよ」

元締めが言ったとき、外でにぎやかな声が響いてきた。

寺子屋のわらべたちが着いたのだ。

「お世話になります」

春田東明が頭を下げた。

背には丸めた筵《むしろ》を負っている。わらべの数が多いから、かなり大ぶりなものだ。

「わたしも運び役で行くことになりましたので」

時吉が言った。

「さようですか。大きい子に手分けして持たせようかと思っていたのですが」

寺子屋の師匠をつとめる儒学者が言う。

「それだと、足元がもつれたりするかもしれません。大人が運んだほうが間違いがないでしょう」

「わたしも大人だよ」

千吉が横合いから言ったから、ほわっと笑いがわく。

「では、あまり遅くなると足元が暗くなってしまうので、さっそくまいりましょうか」

春田東明が言った。

「お気をつけて」

おちよが笑みを浮かべて言う。

「よしっ」

千吉が一つ気合を入れて弁当の包みをつかんだ。

六

ちょうどいい場所が空いていた。

幹の太い桜の木のたもとに筵を広げ、一同は思い思いに腰を下ろして花見弁当を広げた。

「悪いですね、のどか屋さん」

春田東明がすまなそうに言った。

わらべたちで一杯で、運び役の時吉の座るところがなかった。

「なんの、ぶらぶら歩いて桜見物をしていますから」

時吉は笑って答えた。

ほどなく、わらべたちはわいわい言いながら花見弁当を食べはじめた。

もともとわらべは花より食い物だし、ここまで歩いてきて腹も減っている。うまいうまいと声をあげながら、次々に手を伸ばしていく。

「これ、千吉兄ちゃんがつくったの？」

小さいわらべが問う。

「そうだよ。小料理のどか屋の若あるじだから」

千吉は胸を張って答えた。

「へえ、凄えなあ」

「ちゃんと修業もしたんだって」

「まだ終わってないけどね」

「千吉兄ちゃんの餡巻きはおいしいんだぞ」

「なら、今度食べにいく」

そんな調子で話が弾む。

それが一段落したところで、春田東明の話が始まった。

こうして美しく咲いている花も、あと数日で散ってしまう。さりながら、その花を愛でた者の心にはずっと長く残るだろう。

桜は懸命に、その日の花を咲かせている。

それが尊い。

たとえ明日散ってしまう花でも、咲かせていられるあいだは美しい姿を見せている。

人がそのさまから学ぶこともあるだろう。

そういう話の道筋で、儒学者は巧みに理《ことわり》を教えていた。

料理も同じだ、と時吉は思った。

たとえすぐ食べられて、跡形もなくなってしまうものでも、お客さんにとっては長く忘れられない味になるかもしれない。そう思って、一皿一皿を大切につくらなければならない。

千吉も同じことを考えていたのかどうか、春田東明の話を聞きながらいくたびもうんうんとうなずいていた。

花びらがひとひら流れていく。それはふるふると風に吹かれて、だいぶさまになってきた千吉の髷に止まった。

［参考文献一覧］

田中博敏『お通し前菜便利集』（柴田書店）
高橋一郎『和幸・高橋一郎の旬の魚料理』（婦人画報社）
松下幸子・榎木伊太郎編『再現江戸時代料理』（小学館）
畑耕一郎『プロのためのわかりやすい日本料理』（柴田書店）
志の島忠『割烹選書　酒の肴春夏秋冬』（婦人画報社）
志の島忠『割烹選書　冬の献立』（婦人画報社）
野﨑洋光『和のおかず決定版』（世界文化社）
『人気の日本料理2　一流板前が手ほどきする春夏秋冬の日本料理』（世界文化社）
志の島忠『日本料理四季盛付』（グラフ社）
料理＝福田浩、撮影＝小沢忠恭『江戸料理をつくる』（教育社）
土井勝『日本のおかず五〇〇選』（テレビ朝日事業局出版部）

鈴木登紀子『手作り和食工房』（グラフ社）
金田禎之『江戸前のさかな』（成山堂書店）
『復元・江戸情報地図』（朝日新聞社）
今井金吾校訂『定本武江年表』（ちくま学芸文庫）
善峯寺ホームページ

時代小説
二見時代小説文庫

千吉《せんきち》の初恋《はつこい》　小料理《こりょうり》のどか屋《や》 人情帖《にんじょうちょう》25

著者　倉阪鬼一郎《くらさかきいちろう》

発行所　株式会社 二見書房
東京都千代田区神田三崎町二－一八－一一
電話　〇三－三五一五－二三一一［営業］
〇三－三五一五－二三一三［編集］
振替　〇〇一七〇－四－二六三九

印刷　株式会社 堀内印刷所
製本　株式会社 村上製本所

落丁・乱丁本はお取り替えいたします。
定価は、カバーに表示してあります。

 ISBN978－4－576－19027－3
https://www.futami.co.jp/

倉阪鬼一郎

小料理のどか屋 人情帖

シリーズ

剣を包丁に持ち替えた市井の料理人・時吉。
のどか屋の小料理が人々の心をほっこり温める。

以下続刊

①人生の一椀
②倖せの一膳
③結び豆腐
④手毬寿司
⑤雪花菜飯《きらずめし》
⑥面影汁
⑦命のたれ
⑧夢のれん
⑨味の船
⑩希望《のぞみ》粥《がゆ》
⑪心あかり
⑫江戸は負けず
⑬ほっこり宿

⑭江戸前祝い膳
⑮ここで生きる
⑯天保つむぎ糸
⑰ほまれの指
⑱走れ、千吉
⑲京なさけ
⑳きずな酒
㉑あっぱれ街道
㉒江戸ねこ日和
㉓兄さんの味
㉔風は西から
㉕千吉の初恋

二見時代小説文庫